URUKYU.
4

L'AVANCÉE DES CONQUÊTES AMOUREUSES D'AMI ET DE NOA

♡ AMI ET NOA SONT RIVALES EN AMOUR DEPUIS L'ENFANCE. UN JOUR ELLES FONT LA CONNAISSANCE DE 2 GARÇONS DE TOP-NIVEAU : TAMON ET TOMOHIRO. POUR CES TOMBEURS, "L'AMOUR N'EST QU'UN JEU". MAIS AMI ET NOA NE SE DÉMONTENT PAS ET PASSENT À L'ATTAQUE !

♡ « PLUS L'AMOUR ME FAIT SOUFFRIR ET PLUS JE M'Y INVESTIS ». C'ÉTAIT LE NOUVEAU LEITMOTIV D'AMI MAIS UN JOUR ELLE RENCONTRE TSUKISHIMA KAI QUI LA PHOTOGRAPHIE SANS GÊNE. FACE À LA DÉTERMINATION DU GARÇON QUI S'APPROCHE D'ELLE, LES SENTIMENTS D'AMI POURRAIENT BIEN CHANGER MAIS À NAGASAKI, LORS DU VOYAGE SCOLAIRE...

NON ...
JE TE LAISSERAI PAS À TAMON ...
JAMAIS ...
AH ...
TAMON .....!!
VOTRE CORRESPONDANT N'EST PAS JOIGNABLE ACTUELLEMENT. IL EST DANS UNE ZONE NON COUVERTE PAR LE RESEAU OU SON APPAREIL N'EST PAS EN SERVICE.
!

ZUT !
POURQUOI A-T-ELLE COUPÉ SON PORTABLE TOUT D'UN COUP ?!
TAMON ?
QU'EST-CE QUE TU FAIS ? IL EST L'HEURE D'ALLER MANGER...
TOMOHIRO !

BON SAAAANG... !
ELLE EN MET DU TEMPS !!
田之倉学園御一行様
MAIS QU'EST-CE QU'ELLE FOUT ?!
CE N'EST VRAIMENT PAS BON DE SAUTER LE REPAS DU SOIR
LE FILS À PAPA DE TOUT À L'HEURE AVAIT BIEN L'AIR DÉCIDÉ À NE PAS LA LÂCHER
SI ÇA SE TROUVE, ILS SONT EN TRAIN DE...
EN TRAIN DE QUOI ?!
AUSSI IDIOTE QUE PUISSE ÊTRE AMI, ELLE NE ...
MONSIEUR KUROSAWA
IL MANQUE UNE JEUNE FILLE DE VOTRE GROUPE : MLLE UZUKI. SAVEZ-VOUS OÙ ELLE EST ?
AH ! EUH.. OUI !!
RESPONSABLE DE LA VIE SCOLAIRE YONEZAWA ERIKO SURNOM : « YONE JE-METS-MON-NEZ-PARTOUT »

EN FAIT, VOUS VOYEZ, À MIDI, ELLE AVAIT SUPER FAIM ET DU COUP, ELLE A SUPER MANGÉ ET RÉSULTAT, ELLE A SUPER MAL AU VENTRE !
ELLE SE REPOSE DANS SA CHAMBRE
MAIS NE VOUS EN FAITES PAS : JE LUI AI DONNÉ UN MÉDICAMENT TRÈS EFFICACE, ☆ UN TRUC QUI MARCHE À TOUS LES COUPS.
AH BON ...
la tête de yonezawa
IL FAUT FAIRE QUELQUE CHOSE AVANT L'APPEL DU SOIR SINON ...
Yone ne sera pas dupe longtemps.
!
JE SAIS BIEN MAIS ...
TAMON ?!
C'EST TOMOHIRO QUI M'A DONNÉ TON NUMÉRO.
J'AI QUELQUE CHOSE À TE DEMANDER.

C'EST À PROPOS D'AMI, N'EST-CE PAS ?!
TU N'AS PAS DE NOUVELLES TOI NON PLUS ?
ELLE EST PARTI AVEC KAI ET ...
ELLE N'EST TOUJOURS PAS RENTRÉE ...
ALORS ?
QU'EST-CE QU'ON FAIT ?
À TON AVIS ? ON PART À SA RECHERCHE ÉVIDEMMENT !
SÉRIEUX ?
MAIS ON N'A AUCUNE IDÉE SUR L'ENDROIT OÙ ...
TAMON !

C'EST JUSTEMENT PARCE QU'ON NE SAIT PAS OÙ ELLE EST ... ... QU'ON VA LA CHERCHER
BANANE !
. . .
ÇA TE VA BIEN DE DIRE ÇA !
JE TE PRÉVIENS, LE RISQUE QUE TU ME FAIS PRENDRE VA TE COÛTER CHER.
"BANANE" !
ARRÊTE ... LÂCHE-MOI ... KAI ...

TU ME FAIS MAL ...
AH ...

は
!
GRIP
AMI
...

PARDON ...!
KAI ...
ブチ
GRRR ! DÉCIDÉMENT, C'EST PAS MON JOUR !
PFFF ...
CETTE FILLE N'EST VRAIMENT PAS DE TOUT REPOS.

LA NUIT EST TOMBÉE.
TON TÉLÉPHONE MARCHE ?
ON DIRAIT QUE NON ...
Je crois qu'il est cassé.
JE ...
JE SUIS VRAIMENT DÉSOLÉ.
C'EST LA PREMIÈRE FOIS ...
QUE J'AGIS COMME ÇA.
DEPUIS MON PLUS JEUNE ÂGE ...
J'AI TOUJOURS ÉTÉ UN « GENTIL GARÇON » QUI NE DÉRANGEAIT PERSONNE ...
MAIS EN RÉALITÉ, CE N'ÉTAIT QU'UNE FAÇADE.

TOUT ÇA C'ÉTAIT SURTOUT POUR NE PAS PERDRE FACE À TAMON.
ALORS TU LE CONNAIS DEPUIS LONGTEMPS ...?
DÈS LE DÉBUT, IL M'AVAIT FAIT UNE FORTE IMPRESSION.
C'ÉTAIT AU COLLÈGE, DANS UN MATCH DE FOOT INTER-ÉCOLES.
MON ÉQUIPE ÉTAIT TENANTE DU TITRE ...
À LA TOUTE FIN DU MATCH, DANS LES 10 DERNIÈRES SECONDES ...
TAMON A MARQUÉ LE BUT DE LA VICTOIRE QUI A SAUVÉ SON ÉQUIPE.
C'EST LÀ QUE TOUT A COMMENCÉ.
ET JE NE L'AI PLUS QUITTÉ DES YEUX.

QUAND MIKA M'A DEMANDÉ DE L'AIDER J'AI ACCEPTÉ ...
SANS TROP RÉFLÉCHIR.
C'EST LA FILLE QUI A UN FAIBLE POUR TAMON. JE T'EN PRIE, KAI, FAIS QUELQUE CHOSE... !
JE ME SUIS DIT QUE ÇA POUVAIT ÊTRE AMUSANT DE PRENDRE LA FILLE QUI COURT APRÈS TAMON.
!
MAIS... ALORS SI TU M'AS PROPOSÉ D'ÊTRE TON MODÈLE ...
C'EST PARCE QUE MIKA TE L'A ...
NON ! PAS SEULEMENT !
JE VOULAIS VRAIMENT ...
...TE PHOTOGRAPHIER.
GLUPS...
IL EST UN PEU TARD POUR TE DIRE ÇA MAIS ...
JE SUIS DÉSOLÉE ...
JE NE PEUX PAS.

JE N'AI RIEN CONTRE TOI.
OUI OU NON ?!
EUH ... OUI.
TU ES TRÈS DOUÉ.
MÊME SI JE NE SUIS PAS UNE SPÉCIALISTE, JE PEUX LE VOIR.
TON APPAREIL, TU L'AIMES, HEIN ... ?
DANS CE CAS ... IL N'Y A PAS DE SOUCIS À SE FAIRE.
PERDRE OU GAGNER, ÇA N'A PAS D'IMPORTANCE !

JE TE RACCOMPAGNE JUSQUE À LA PENSION.
PAS LA PEINE ! TOI AUSSI, TU DOIS TE DÉPÊCHER DE RENTRER !
UZUKI AMI ...
... EST UNE FILLE FORTE !
ON DEMANDE LE LYCÉE TANOKURA AU TÉLÉPHONE !
ALLÔ ?
JE TÉLÉPHONE POUR VOUS DIRE ...
... QUE J'AI APERÇU UNE DE VOS ÉLÈVES TOUT À L'HEURE ET...
... JE ME DEMANDAIS SI C'ÉTAIT BIEN PRUDENT DE LA LAISSER SORTIR À UNE HEURE SI TARDIVE.
EUH... MIKA, TU TÉLÉPHONES ?
OUI, UNE SECONDE.

BYE, BYE AMI. ...
MAIS QU'EST-CE QUI LUI PREND TOUT À COUP... ?
TOUT LE MONDE À L'APPEL ?! MAINTENANT ?!
OÙ EST MLLE UZUKI ?!
ドスドス
モゾモゾ
EUH... C'EST-À-DIRE QUE...
ALLEZ, AMI... SORS DE SOUS LA COUETTE !
tête de Yone.
EX-CUSEZ-LA ! ELLE EST TOUJOURS DANS LA LUNE
ho ho ho ☆ !
BON... ALORS ELLE EST LÀ ...
DANS CE CAS, ÇA VA.
Il y a quelque chose de bizarre.
AU REVOIR ET MERCI ENCORE, M'SIEUR L'AGENT !
HEIN ...?

Poils aux mollets.
Kyaaaa !
Enfin, voilà ...
je ne comprends pas très bien mais ...
la cata !
QUE ...
QU'EST-CE QUE ÇA SIGNIFIE, PROFESSEUR MIYAMURA !!!
JE SAVAIS QUE ÇA NE MARCHERAIT PAS !
MON SET DE MAQUILLAGE ACHETÉ PAR CORRESPONDANCE ! MADE IN HOLLYWOOD ! ET TOUT ÇA POUR ME FAIRE GRILLER !
OIN

AÏE.
OUIN
JE N'AI PLUS DE FORCE.
AMI !!
J'ÉTAIS MORTE, D'INQUIÉ-TUDE !!
PARDON ...
MADE-MOISELLE UZUKI !
IL ME SEMBLE QUE LES SORTIES SANS AUTORISATION SONT INTER-DITES, NON ?
ALLEZ DANS VOTRE CHAMBRE ET RASSEM-BLEZ VOS AFFAIRES.
MADAME YONEZAWA AMI A CERTAI-NEMENT UNE EXPLICATION.
JE NE VEUX RIEN SAVOIR ! CETTE AFFAIRE EST CLOSE !
MADE-MOISELLE UZUKI ...
LE VOYAGE DE FIN D'ÉTUDES EST TERMINÉ POUR VOUS !!!

AMI EST RENTRÉE ?!
ELLE N'A RIEN ... ?
BON ...
HA ! HA ! ...
ALORS TOUT VA BIEN ...
HOTEL SAKI CITY
NON, JUSTE-MENT !
HEIN ?
SA SORTIE SANS AUTORISATION A ÉTÉ DÉCOUVERTE ET ELLE VA DEVOIR REPARTIR AVANT TOUT LE MONDE !!
DEPUIS, LE PROFESSEUR MONT LA GARDE ET ON N PEUT PLUS FAIRE UN PAS SANS L'AVOIR SUR LE DOS.
DEMAIN, NOUS PARTONS POUR FUKUOKA MAIS SANS ELLE ...
ELLE TENAIT TELLEMENT À FAIRE CE VOYAGE.
LA LÉGENDE DES VOYAGES DE FIN D'ÉTUDES DE TANO-KURA ...
ELLE Y CROYAIT VRAIMENT ET POURTANT ...

LA LÉGENDE DES VOYAGES DE FIN D'ÉTUDES ... ... DE TANOKURA ...?
博多
JE N'ARRIVE PAS À CROIRE ...
... QUE ÇA SE TERMINE DE MANIÈRE SI TRISTE.

11号車
CE VOYAGE AURAIT DÛ DEVENIR ...
... UN DE MES MEILLEURS SOUVENIRS AVEC TAMON ...
... DE LA PIRE DES MANIÈRES.
MAIS TOUT EST FINI.
Le train arrive en quai.
VOUS N'AVEZ RIEN OUBLIÉ, J'ESPÈRE.
BIEN. IL EST TEMPS D'Y ALLER.
MES ESPOIRS ONT DISPARU AVEC CETTE MOITIÉ DE COQUILLAGE QUE J'AI PERDUE.
FINALEMENT JE N'AI MÊME PAS PU L'EFFLEURER...
QUELLE IDIOTE JE FAIS ...

AMI!!
はぁ
はぁ

MAIS ?! QUI ÊTES-VOUS !?
DE QUEL ÉTABLISSEMENT ÊTES-VOUS ?
HA HA HA
M. MIYAMURA ! QUE FAITES-VOUS ?
REVENEZ !!
OÙ ALLEZ VOUS ?!
T'AS PAS ENCORE FINI, NOA ?
ENCORE UN PEU DE PATIENCE.
La legende du plan azimutal tenez-vous au centre du cercle et faites un voeu. il se réalisera peut-être...
TU CROIS VRAIMENT À CE GENRE DE TRUC ?
QUAND ON JOUE LE JEU À FOND, ÇA PEUT MARCHER
MAIS IL FAUT Y CROIRE VRAIMENT SINON CE N'EST PAS AMUSANT.
L'AMOUR, C'EST COMME ÇA.

JE ME DEMANDE CE QUE PEUVENT BIEN FAIRE AMI ET TAMON EN CE MOMENT ...
EST-CE QUE CETTE FAMEUSE LÉGENDE VA VRAIMENT SE RÉALISER ...?
MAIS ENFIN ...
TAMON ...
QU'AS-TU L'INTENTION DE FAIRE ICI ?!
TAIS-TOI ET SUIS-MOI !
HEIN?! QUOI ?!
YONE EST SÛREMENT À MA RECHERCHE EN CE MOMENT !! JE VAIS AVOIR DES PROBLÈMES !
ALORS ELLE S'APPELLE YONE ...
JE PEUX EN DIRE AUTANT ! MAIS POUR L'HEURE, JE NE VEUX PAS QUE ÇA SE TERMINE COMME ÇA
C'EST TROP MISÉRABLE !

TON COQUILLAGE !
HEIN.. ?
TU AS BIEN L'AUTRE MOITIÉ, NON ?
ALORS DONNE-LE MOI VITE !
TAMON..
ET...
VOILÀ !
TAMON
1... 2...
... 3 !!

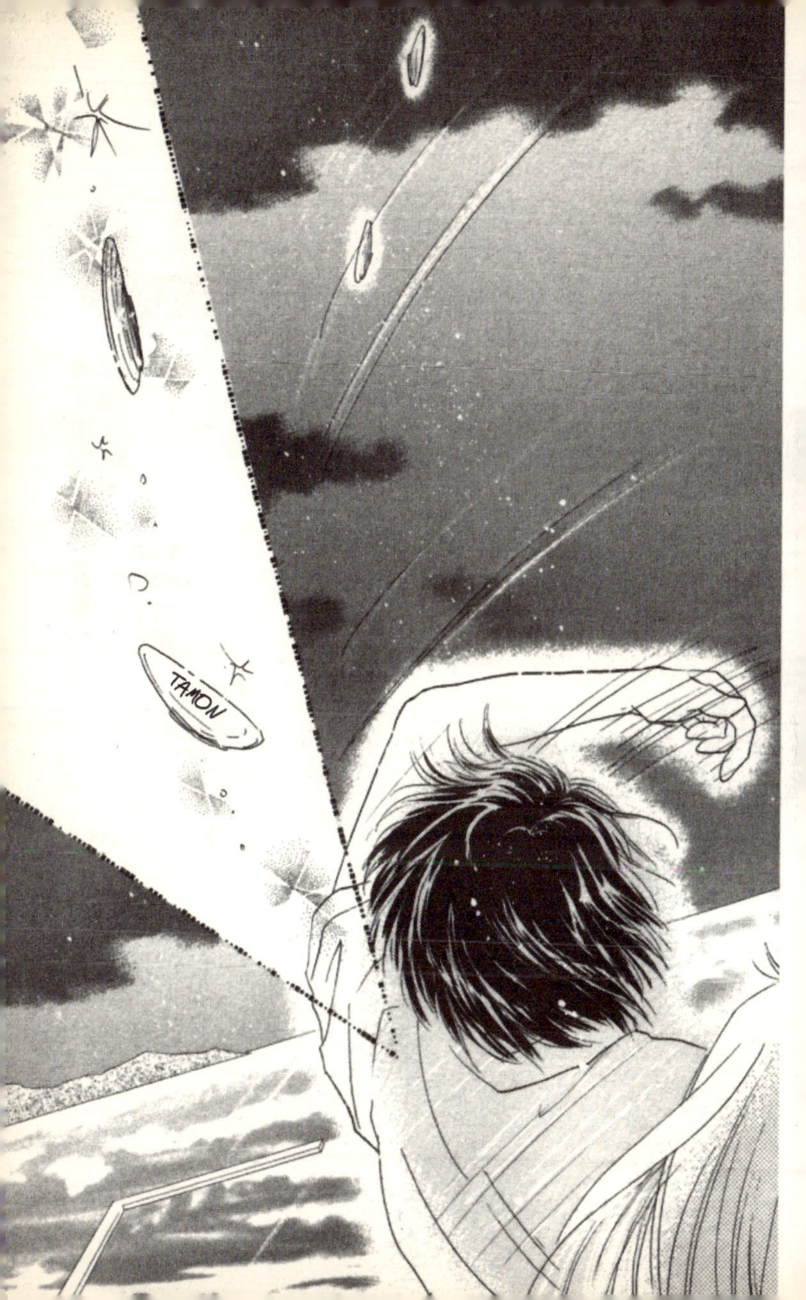
TAMON

OPÉRATION "LÉGENDE" ...
... ACCOMPLIE !!

MAIS...
TU AS ÉCRIT LE NOM DE « LA PERSONNE QUE TU AIMES » SUR LE COQUILLAGE ?!
ATTENDS UN PEU...
ON PEUT DIRE ÇA
ALORS ?!
JE NE TE LE DIRAI PAS ☆
CE N'EST PAS GENTIL...
ÇA N'A RIEN À VOIR AVEC LA LÉGENDE !
EN PLUS, ICI, CE N'EST PAS « LE LIEU D'UN SOUVENIR PARTI-CULIER ».
JE TE RAPPELLE QUE C'EST DANS UN LIEU PARTICULIER QU'ON DOIT DÉPOSER LE COQUILLAGE
ET IL NE FAIT PAS ENCORE NUIT.
OH ! LÀ ! LÀ !
TU ES COMPLIQUÉE QUAND TU T'Y METS !! CE N'EST PAS SI IMPORTANT QUE ÇA NON ?
SI, ÇA L'EST...
DANS CE CAS...
ON N'A QU'À LE CRÉER NOUS-MÊMES...
... CE « SOU-VENIR »...
HEIN ?

TAMON..
TAMON !

C'EST LA PREMIÈRE FOIS QU'IL ME SERRE DANS SES BRAS...
... APRÈS M'AVOIR EMBRASSÉE ...
MON SOUVENIR ...
LE PLUS BEAU SOUVENIR DE VOYAGES QUI SOIT...
JE L'AI !!

ATTENDS UN PEU...
LAISSES-MOI TE DIRE...
... QUE JE T'AIME ?
URUKYU.

MES LÈVRES SONT ENCORE TOUTES CHAUDES ...
LE SEUL FAIT D'Y REPENSER, J'AI L'IMPRESSION QUE JE VAIS FONDRE.
TAMON... ♡
MLLE UZUKI !
ÇA AVANCE, CE MÉNAGE ?...
OUI, PROFESSEUR YONEZAWA !
VRAIMENT ? ET CETTE POUSSIÈRE, LÀ ? QU'EST-CE QUE C'EST ?
VOUS ALLEZ TOUT RECOMMENCER ...
... DEPUIS LE DÉBUT !!

WAAH !
MONSIEUR MIYAMURA ! FAITES UN PEU PLUS ATTENTION, JE VOUS PRIE !
C'EST LE MATÉRIEL DE L'ÉCOLE !
J'SUIS DÉSOLÉ ☆
ET VEUILLEZ PARLER CORRECTEMENT, JE VOUS PRIE.
OUI, M'DAME.
VOUS LE FAITES EXPRÈS ?!
PFF ! VRAIMENT, TOUS LES DEUX !
JE NE VOIS PAS CHEZ VOUS L'OMBRE D'UN REGRET !

ÉCOUTEZ-MOI ! JE VOUS RAPPELLE LE BUT D'UN VOYAGE DE FIN D'ÉTUDES !
IL N'EST PAS QUESTION DE S'Y AMUSER !!
C'EST AVANT TOUT UN CONTACT AVEC L'HISTOIRE DE LA TERRE QUE L'ON FOULE. UN PAS VERS LA CONNAISSANCE ...
N'OUBLIONS PAS L'IMPORTANCE DU RESPECT DE LA BONNE TENUE DANS LES DÉPLACEMENTS EN GROUPE ET ...
ELLE ME POMPE L'AIR
QUOI ?!
QUOI QU'IL EN SOIT... !
MLLE UZUKI !!
LA PROCHAINE FOIS QUE VOUS CRÉEZ UN PROBLÈME DE CE GENRE...
... VOUS SEREZ PRIVÉE DE COURS POUR UNE DURÉE INDÉFINIE !
OU PLUTÔT DEVRAIS-JE PARLER DE renvoi DE L'ÉTABLIS-SEMENT !!!

ELLE FAIT PEUR QUAND MÊME ☆
ALORS LES CORVÉES DE MÉNAGE NE LUI SUFFISENT PAS ?
ぱた ぱた
DEPUIS LE VOYAGE DE FIN D'ÉTUDES, YONE NE ME QUITTE PLUS DES YEUX...
OUI...
MAIS AU FOND, TU DEVRAIS ÊTRE CONTENTE, NON ?
TU AS PU ACCOMPLIR LA LÉGENDE ! ♡ C'EST CE QUI COMPTE
APRÈS NOTRE BAISER ...
NOUS ÉTIONS TOUS LES DEUX SI GÊNÉS, NOUS NE SAVIONS PLUS QUOI DIRE.

ON A MARCHÉ SUR LA PLAGE EN SE TENANT PAR LA MAIN.
MON COEUR BATTAIT À CENT À L'HEURE...
IL N'EST PAS COMME ÇA D'HABITUDE.
C'ÉTAIT LA PREMIÈRE FOIS QU'IL ÉTAIT SI... SI...
COMMENT DIRE... SI VIOLEMMENT GENTIL...
AH... C'ÉTAIT TROP SUPER !
« VIOLENTIL » !
C'est quoi ce mot ?
ON SE CALME !
ÉCOUTE-MOI BIEN, AMI ! CE N'EST PAS LE MOMENT DE FLANCHER ! C'EST MAINTENANT QU'IL FAUT PORTER LE COUP DE GRÂCE !
FONCE !
DONNE-TOI À FOND ET TAMON SERA À TOI !!!
OUAIS !!!
BON, QUE VEUX-TU ? DÉCLARER TA FLAMME, OU LUI FAIRE DÉCLARER LA SIENNE ?

EN FAIT...
SI TAMON ME DEMANDAIT SI JE VEUX SORTIR AVEC LUI, CE SERAIT COMME DANS UN RÊVE MAIS...
OUAIS... LE PREMIER PROBLÈME, C'EST QUE LES TOMBEURS COMME LUI NE DISENT PAS CE GENRE DE CHOSE. PARCE QUE MÊME SANS RIEN FAIRE, LES FILLES VIENNENT À LUI ...
ÇA M'EST ÉGAL !!
JE NE PEUX PLUS ATTENDRE !
JE PASSE À L'OFFENSIVE !!
J'AI ENVIE DE LUI DIRE ! MAINTENANT ! TOUT DE SUITE !
JE...
JE...
JE T'AIME ♡
KYAAAAA!
PFFF ! APRÈS TOUT CE QUE JE LUI AI DIT...
VOILÀ OÙ NOUS EN SOMMES.
tout ça me dépasse.

QUOI QU'IL EN SOIT, SAMEDI PROCHAIN, JE PRÉVOIS UN RENDEZ-VOUS AMOUREUX DÉCISIF ♡
PREMIÈRE ÉTAPE : ACHETER UN NOUVEAU PORTABLE !
SDOM
MIYAMU, PRIEZ POUR MOI !!
AH, EUH.. OUI.
tes mains viennent d'essorer la serpillière, arrête, stp.
un rendez-vous amoureux ... ?
un rendez-vous amoureux !!!
KYAAAAAA!!
QU'EST-CE QUE TU VEUX, NOA ?
Y'EN A QUI ONT DE LA CHANCE... C'EST LA VIE EN ROSE...
CEPENDANT... APRÈS LE ROSE VIENT SOUVENT LE noir...

QUE T'ARRIVE-T-IL ? ÇA NE SE PASSE PAS BIEN AVEC TOMOHIRO ?
ウッ
DES INFIDÉLITÉS !?
J'AI BEAU MONTER LA GARDE, LES FILLES S'AGGLUTINENT SUR LUI COMME LES ABEILLES SUR DU MIEL !!
MOTE MOTE
ET LUI, COMME IL EST GENTIL, IL NE LES REPOUSSE PAS.
TU ES SÛRE DE CE QUE TU AVANCES ?
clair!
OUI ! HIER IL ÉTAIT AVEC UNE FILLE QUI « COMME PAR HASARD » DISAIT AVOIR DEUX PLACES DE CINÉ.
Vu comme ça, c'est vrai que...
oui
VOUS CROYEZ À CE GENRE DE HASARD, VOUS ?
SI CE N'ÉTAIT PAS LE CAS, JE FERAIS PASSER TON RENDEZ-VOUS AVEC TAMON EN PREMIER.
APRÈS TOUT, MOI... NON, MOI...

わあああ
AAAAAH...
J'EN AI ASSEZ !!
BEN ALORS ! CONSOLE TA PARTENAIRE !
HEIN ?! PARTENAIRE ?!
AH LÀ LÀ ! JE N'AI PAS VRAIMENT LE CHOIX..
QUOI ? TU NE CONNAIS PAS DE RESTAURANTS UN PEU PLUS CLASSES ?!
ANNEX

Soupe / Raviolis/
Tranches de porc
MAIS T'ES JAMAIS CONTENTE, OU QUOI ?!
SI TU ES VRAIMENT DÉPRIMÉE, COMPORTE-TOI COMME QUELQU'UN DE DÉPRIMÉ ! PARCE QUE MOI, J'AI AUTRE CHOSE À FAIRE QUE TE CONSOLER.
ÇA T'ARRIVE DE FAIRE PREUVE DE VRAI BON CŒUR PARFOIS ?!
EH BIEN, LES FILLES, JE VOIS QUE C'EST LA GRANDE FORME ☆
YUMA !
HELLO ! ♬

ÇA FAIT LONGTEMPS QU'ON NE S'ÉTAIT PAS VUES, AMI ! COMMENT ÇA VA ?
YUMA... TU AS TOUJOURS DES PROPORTIONS AUSSI IMPECC'.
JE SUIS VENUE POUR DISTRIBUER DES MOUCHOIRS PUBLICITAIRES ☆ POUR LA BOUTIQUE
ON COMMENCE À FAIRE DES SOINS ESTHÉTIQUES POUR HOMMES.
HI ! HI ! MERCI ♡
BIZARRE SES MANIÈRES HYPER EXAGÉRÉES ...
NOA ! TU MANGES UNE SOUPE DE NOUILLES POUR LE GOÛTER...
ET LE RÉGIME ?
PFFF ! ON VERRA DEMAIN POUR LE RÉGIME !!
CE N'EST PAS BIEN ! LES REPAS SUPERFLUS SONT LE PIRE ENNEMI DE LA BEAUTÉ ☆
VENTRES PLEINS NE RIME PAS AVEC CŒUR SATISFAIT.
Kurosawa Yuma Esthéticienne n°1 du salon de beauté « Miracle Princess » Mensurations : 1.65 m , 90/56/86
Attaque : 200%
Défense : 200%
Equipements : piercing, chaîne de cheville, cils très longs

QUOI ?
AMI... TU ES PLUS JOLIE QU'AVANT.
HEIN ?
TU ES AMOUREUSE, C'EST ÇA ♡
QUE... COMMENT ?!
TU PEUX TOUT ME DIRE SANS CRAINTE ! AVEC L'AIDE DE YUMA, LA SUPER ESTHÉTICIENNE, LES FILLES DEVIENNENT DEUX FOIS PLUS JOLIES !
☆ POWER UP
♡ ESTHÉ UP
N'OUBLIEZ PAS DE RÉSERVER !
je te ferai une remise
N'EN PROFITE PAS POUR FAIRE DE LA PUB !
ALLEZ ! NE RESTE PAS ICI ! QUAND TU ES LÀ, LES DISCUSSIONS FINISSENT TOUJOURS PAR SE COMPLIQUER.
AÏE ! AÏE ! TU ME FAIS MAL...
NOA..

QUAND ON VEUT S'ATTAQUER À UN GARÇON DE HAUT NIVEAU, IL FAUT ÊTRE PRÊTE À TOUT.
ET PARVENIR À LE GARDER À SES CÔTÉS NÉCESSITE QU'ON SE DONNE DEUX FOIS PLUS DE MAL...
NE ME DIS PAS QUE TU L'IGNORAIS.
MAIS SI C'EST TROP POUR TOI...
TU N'AS QU'À RENONCER.
ドキン
OUI ET ALORS... ?
IL NE SUFFIT PAS DE LE SAVOIR POUR QUE TOUT SE PASSE FORCÉMENT BIEN !
quel manque de délicatesse de ta part !
C'EST POUR ÇA QUE ÇA ME DÉSTABILISE.
NOA...

LES MOTS DE YUMA..
... ONT VIBRÉ DANS MA POITRINE.
QUAND ON VEUT S'ATTAQUER À UN GARÇON DE HAUT NIVEAU...
... IL FAUT ÊTRE PRÊTE À TOUT.
SI JAMAIS JE VENAIS À SORTIR AVEC TAMON..
EST-CE QUE, MOI AUSSI, JE SERAIS TOURMENTÉE COMME NOA ...?
ET BEN ...
TU EN FAIS UNE TÊTE.
JE T'AI FAIT ATTENDRE ?

EH ! TOI !
ATTENDS UN PEU !
JE FAIS DU CASTING SAUVAGE POUR UN MAGAZINE !
HEIN.. ? MOI ?!
NON, TON COPAIN.
vous m'embarrassez...
ON RECHERCHE DES MANNEQUINS DANS NOTRE LECTORAT...
ÇA T'INTÉRESSERAIT ?
KODANSHA
MONTHLY
SUPER BOYS スーパーボーイズ編集部
EDITOR MASAKI MATSUMOTO
HP : http/[redacted]
TEL : 03 (53XX-XXXX)
FAX : 03 (39XX-XXXX)
TU ES PLUTÔT PAS MAL DANS LE GENRE !
QUOI ?! « SUPER BOYS » ?! MAIS C'EST SUPER CONNU !
...

NE LE PRENEZ PAS MAL MAIS ...
ÇA NE M'INTÉRESSE PAS.
DÉSOLÉ !
ON Y VA !
TU... TU ES SÛR ?
C'EST UNE CHANCE POURTANT ...
JE DÉTESTE TOUS LES TRUCS CONTRAIGNANTS.
EN PLUS...

AUJOURD'HUI, J'AI DÉCIDÉ QUE JE RESTAIS AVEC TOI.
DONC JE M'EN FICHE.
ALLEZ ☆
MON CORPS TRANS-PIRE DES...
JE T' AIME
IL VEUT « RESTER AVEC MOI »... HO ! HO ! C'EST UNE DÉCLARATION.
PERSONNE...
PERSONNE NE ME LE PRENDRA...

TU FERAIS PEUT-ÊTRE MIEUX DE RENONCER.
MÊME DANS LE MEILLEUR DES CAS...
TAMON NE REVIENDRA PAS VERS TOI.
KAI
TU MENS... !
QUI A PRÉTENDU QU'IL PROFITERAIT DU VOYAGE DE FIN D'ÉTUDES POUR ÉLOIGNER AMI DE TAMON ?
POURQUOI SONT-ILS SI PROCHES MAINTENANT ?!
TU AS L'INTENTION DE LAISSER LES CHOSES SE PASSER COMME ÇA !?
...

ET BIEN, PAS MOI !
JE NE RENONCERAI PAS !
IL EST HORS DE QUESTION QUE JE TE LAISSE TAMON..
AMI !
JE PEUX ?
MERCI.

CE QU'IL VIENT DE FAIRE... TOUT SE PASSE BIEN ♥
NOUVEAU TRÉSOR D'AMI.
LE MOMENT DE LA DÉCLARATION APPROCHE !!
La route vers la déclaration
D'ABORD, L'EMMENER DANS UN JARDIN CALME
TROUVER UN ENDROIT OÙ IL Y A PEU DE PASSAGE (OK)
ZUT.
JE COMMENCE À AVOIR DES PALPITATIONS.
CE N'EST PAS LE MOMENT DE STRESSER.
L'AIR DE RIEN, PRENDRE SA MAIN...
UNE CONVERSATION ! OUI ! TROUVER UNE CONVERSATION MARRANTE...
AMI...
HEIN ? HEU... OUI ?

ON NE VA PAS TARDER.
LE TEMPS SE GÂTE.
HEIN ?
NON...
IL VA ENCORE M'ÉCHAPPER.
...

JUSTE...
JUSTE ENCORE UN PEU.
NE PARS PAS MAINTENANT.
Aaah—
...
fyuuuu
BEN... DIS QUELQUE CHOSE.
TU PEUX PARLER, TOI AUSSI, TAMON
C'EST QUAND MÊME TOI QUI M'AS RETENU, NON ?
GRRRR...

TAMON...
TU N'ES PAS GENTIL.
MOI ?!
SI TU AS QUELQUE CHOSE À DIRE...
DIS-LE.
IL M'AGACE.
IL SAIT TRÈS BIEN CE QUE JE RESSENS.
JE T'AIME C'EST TOUT CE QUE J'AI À DIRE...
ET POURTANT, J'AI LE SOUFFLE COURT ET LES MOTS NE SORTENT PAS.
IL NE FAUT PAS M'EN VOULOIR MAIS...
QU'EST-CE QUE TU RACONTES ?
JE SUIS UN GARÇON...
... TOUT À FAIT ORDINAIRE.

NON...
TU N'ES PAS ORDI-NAIRE ...
ドキン
PAS POUR MOI.
TAMON...
ドキン
ドキン
JE...
IL Y A PLUS FORT QUE LES MOTS...
JE VEUX TE TOUCHER.
ÊTRE PLUS PRÈS DE TOI.
BEAUCOUP PLUS PRÈS ...

TAMON.
TO... TOMOHIRO !?
TOMOHIRO !?
QUE FAIS-TU LÀ ?!
DÉSOLÉ DE TE DÉRANGER.. J'AI À TE PARLER
JE SUIS PASSÉ CHEZ TOI ET ON M'A DIT QUE TU ÉTAIS SORTI ALORS ...
QUELLE IDIOTE
AI-JE PRIS UN PARCOURS TROP CONVENTIONNEL ?!
*LE RENCART PARFAIT RÉUSSITE ASSURÉE

DÉSOLÉ, AMI.
JE T'APPELLE !
HEIN ?
MAIS...
ZUT ! ZUT ! ET RE-ZUT !
C'EST PAS VRAI ! C'EST PAS POSSIBLE ! ZUT !
ALORS QUE J'AVAIS RASSEMBLÉ TOUT MON COURAGE ET QUE JE M'APPRÊTAIS À FAIRE LE GRAND SAUT !!
DIRE QU'ON ÉTAIT À DEUX DOIGTS DE S'EMBRASSER.
きーっ
ぶんぶんっ
ZUT...
ポッ ポッ
MAIS...

TOMOHIRO AVAIT UNE MINE SI TRISTE...
QUE LUI EST-IL ARRIVÉ... ?
LUI QUE RIEN NE SEMBLE POUVOIR ATTEINDRE D'HABITUDE.
KYAAAAAAA!
C'EST QUOI CE SALE TEMPS POURRI ?!

NOA ?!
ザァァァ…
QU'EST-CE QUE TU FAIS, ENFIN ?! TU ES TOUTE TREMPÉE !!
NE RESTE PAS PLANTÉE LÀ ET ENTRE !
AMI…
QUOI ENCORE ?!
JE…
JE… EUH…

TOMOHIRO...
JE VAIS LE QUITTER.

URUKYU.

TOMOHIRO ...
JE VAIS LE QUITTER

TU VAS LE QUITTER...
TU AS DÉJÀ PRIS TA DÉCISION... ?
OUI...
ENFIN...
JE N'EN PEUX PLUS...
DEPUIS LE DÉBUT, JE LE SAVAIS PLUS OU MOINS.
IL FAIT PASSER EN PRIORITÉ SES AMIS OU D'AUTRES CHOSES. IL NE SE GÊNE PAS POUR VOIR D'AUTRES FILLES EN TÊTE À TÊTE... JE DÉTESTE ÇA, MAIS IL N'ARRÊTE PAS POUR AUTANT...ET PUIS, JE NE PEUX PAS LUI DIRE ÇA TOUT LE TEMPS.
JE NE VEUX PAS L'EMPÊCHER DE FAIRE CE QU'IL VEUT.
IL EST TOUJOURS TRÈS GENTIL MAIS...
J'AI L'IMPRESSION QUE POUR LUI, CE N'EST PAS DU SÉRIEUX.
NOUS SOMMES EN TRAIN DE DEVENIR AMIS, PAS AMOUREUX.
OUPS...
dis donc...

EN PLUS...
IL NE M'A ENCORE JAMAIS VRAIMENT EMBRASSÉE.
AH... BON... VRAIMENT ?
POURTANT, VOUS ÉTIEZ PROCHES L'UN DE L'AUTRE AU PARC D'ATTRACTIONS.
SANS BAISER, COMMENT PUIS-JE SAVOIR QUELS SONT SES SENTIMENTS ?!
S'IL VOULAIT QU'ON SORTE ENSEMBLE, CE SERAIT... ENFIN, CE SERAIT DIFFÉRENT, NON ?!
PLUS PASSIONNÉ ♡ CE SERAIT « PLUS », TU VOIS !!
CE N'EST PAS QUE JE VEUX ABSOLUMENT QU'IL M'EMBRASSE !!
MAIS ...
ON PASSERAIT DES HEURES ENTIÈRES AU TÉLÉPHONE JUSQUE TARD LE SOIR, ON SE FERAIT DES PROMESSES POUR SE VOIR..
NON, C'EST TOI QUI RACCROCHES EN PREMIER... NON, TOI D'ABORD
HA ! HA ! « TU ES BÊTE... TOI, D'ABORD, NOA... »
ÇA FAIT À PEINE UNE DEMI-HEURE QU'ON S'EST QUITTÉS.
TU M'AS MANQUÉ.
...
POUR SORTIR RIEN QUE TOUS LES DEUX..

QUOI ?! TU AS TOUT MANGÉ ?! C'ÉTAIENT DES CHOCOLATS VENDUS EN TIRAGES LIMITÉS !
BEN QUOI ? SI TU LES AS SORTIS... C'EST BIEN POUR QU'ON LES MANGE !!
J'AI DU MAL À Y CROIRE
......
TU AURAIS PU M'EN LAISSER NON !?
JE SAIS BIEN QUE T'ES PRESQUE ICI CHEZ TOI, MAIS QUAND MÊME...
QUOI ? TU VEUX DIRE QUE JE ME TAPE TROP SOUVENT L'INCRUSTE ?!
NON, MAIS.
MAIS...
...
JE VOULAIS...
... QU'ON SORTE PLUS SOUVENT ENSEMBLE...
... QU'ON SE VOIT PLUS SOUVENT.
... QU'IL NE REGARDE QUE MOI...

VOIR NOA SI DÉPRIMÉE...
CE N'EST PAS LA PREMIÈRE FOIS QU'ELLE BROIE DU NOIR APRÈS S'ÊTRE FAIT PLAQUER...
MAIS CETTE FOIS ...
QUOI ?
QUE JE PARLE À TOMOHIRO ?
POURQUOI MOI ?
PARCE QU'IL N'Y A QU'À TOI QUE JE PEUX DEMANDER ÇA. C'EST TOI QUI ES LE PLUS PROCHE DE LUI.
TU PEUX LUI DEMANDER CE QU'IL PENSE VRAIMENT DE NOA
S'IL TE PLAÎT !
...

NON.
MAIS... !
C'EST LEUR PROBLÈME.
QUOI QU'ON FASSE, ÇA NE CHANGERA RIEN.
ALORS ÉVITE DE T'EN MÊLER.
...
EST-CE QUE J'EN FAIS TROP ?
JE NE SAIS PAS MAIS...

CE QUE JE VEUX SAVOIR...
NE CONCERNE PAS QUE LES PROBLÈMES DE NOA.
TAMON...
QUE PENSES-TU DE MOI, TAMON ?
ET NOUS ?

ALORS ? TU VAS VRAIMENT ARRÊTER DE SORTIR AVEC NOA ?
TOMOHIRO.
AMI EST VENUE ME VOIR POUR QUE JE TE DEMANDE CE QUE TU PENSES VRAIMENT.
JE LUI AI RÉPONDU QUE CE N'ÉTAIT PAS NOS AFFAIRES, QU'ELLE NE S'EN MÊLE PAS MAIS...
MAINTENANT, ÇA VIENT MÊME VOUS PERTURBER VOUS...
ÇA N'A RIEN À VOIR AVEC NOUS !!
MOI AUSSI, JE VEUX SAVOIR. ÇA NE TE RESSEMBLE PAS.
JUSQU'À PRÉSENT, JE NE TE VOYAIS PAS DÉPRIMER COMME ÇA À CAUSE D'UNE FILLE.

J'AI EU MA DOSE...
UNE FOIS.
UNE BONNE DOSE.
...
AU DÉBUT, J'AI CRU QUE C'ÉTAIT COMME D'HABITUDE, LA RELATION CLASSIQUE MAIS EN FAIT, NON...
LORSQUE ÇA DEVIENT TROP SÉRIEUX, À L'INVERSE, ÇA ME BLOQUE.
JE SUIS TOUJOURS PARTANT POUR SORTIR AVEC UNE FILLE, JUSTE COMME ÇA SANS SE PRENDRE AU SÉRIEUX.
C'EST PLUS SIMPLE POUR MOI AUSSI.
MAIS... NOA EST DÉJÀ TRÈS ACCROCHÉE.
ELLE RISQUE D'EN SOUFFRIR.
SI ON CONTINUE, ÇA VA FAIRE MAL

TOMOHIRO... EST-CE QU'IL Y A QUELQU'UN QUE TU AIMES VRAIMENT ?
SI JE TE DISAIS « OUI » ?
!? QUI C'EST ... ?!
NE LE PRENDS PAS COMME ÇA !!!
JE PLAISANTE !
quelqu'un pour enchaîner sur ma vanne ?
ARRÊTE UN PEU ! JE SUIS TRÈS SÉRIEUX ...
...
J'AI PEUT-ÊTRE LA TROUILLE QUE ÇA DEVIENNE SÉRIEUX..
POUR ÊTRE VRAIMENT FRANC.

MAIS CE N'EST PAS ...
... LA MÊME CHOSE POUR TOI ?
TAMON.

OOOOH !
AAAAH !
HUMMM !
QU'EST-CE QUI T'ARRIVE, AMI ?! TU EN FAIS DU BRUIT !!!
TU NE PEUX PAS LIRE TON LIVRE EN SILENCE ?
EN CE MOMENT, SI ON VA À MARINE LAND EN COUPLE, LE TICKET D'ENTRÉE EST À MOITIÉ PRIX !! ☆
C'EST IDÉAL POUR UNE SORTIE EN AMOUREUX. ♡
elle est pas gênée !
TU M'EN VEUX OU QUOI ?
!
Dokodemo Walker
最新デートスポット
J'AI FINI DE LE LIRE, JE N'EN AI PLUS BESOIN.
ON A DROIT À 30% DE REMISE SUPPLÉMENTAIRE SUR PRÉSENTATION DU MAGAZINE.

IL Y A UNE NOUVELLE ATTRACTION : « LA MAISON DE LA BONNE AVENTURE ». IL PARAÎT QUE LES PRÉDICTIONS SONT TRÈS FIABLES.
POURQUOI TU N'IRAIS PAS SI TU N'AS RIEN À FAIRE ...?
SI TU TIENS TANT QUE ÇA À SORTIR EN COUPLE, POURQUOI NE LE FAIS-TU PAS ?
AU LIEU DE RUMINER TOUTE SEULE DANS TON COIN, VOUS POURRIEZ DISCUTER FRANCHEMENT UNE FOIS POUR TOUTE.
TU SAIS QUOI ? QUAND TU DÉPRIMES, T'ES CARRÉMENT LOURDE.
QUE...
PFFF... PUISQUE TU LE PRENDS COMME ÇA, JE LE GARDE, TON MAGAZINE.
AU CAS OÙ !
MARINE LAND
MARINE LAND

NOA !
PEAU SOIGNÉE PAR YUMA
TENUE GARANTIE ANTI-ÉCHECS
TOMOHIRO ...!
POURQUOI CET AIR SURPRIS ?
IDIOTE, VA !
JE ME DISAIS QUE TU NE VIENDRAIS PEUT-ÊTRE PAS...

...
BEN ALORS...
ILS ONT L'AIR BIEN ENSEMBLE, NON ?
TAMON ?!
JE T'AI POURTANT DIT DE NE PAS T'EN MÊLER, NON ?
TU FOURRES TON NEZ PARTOUT !
C'EST PLUS FORT QUE TOI, HEIN ?
TU PEUX PARLER ! ALORS QUE ÇA T'INQUIÈTE TOI AUSSI.

OUBLIONS ÇA !
TAIS-TOI ET REGARDE.
AÏE ! TU ME FAIS MAL !
SI JE SUIS VENU, C'EST POUR T'EMPÊCHER DE FAIRE DES BÊTISES.
QU'EST-CE QU'ILS ONT, EUX ?
NOA..
NOS HISTOIRES D'AMOUR ONT COMMENCÉ EN MÊME TEMPS.
IL Y AVAIT TOUJOURS UNE RIVALITÉ ENTRE NOUS...
JE VOULAIS CONCLURE AVANT TOI... ET QUAND TU AS FINALEMENT PRIS UNE LONGUEUR D'AVANCE...
J'AVAIS UNE FORME DE RANCŒUR, JE ME METTAIS LA PRESSION..
MAIS ...
MAINTENANT, TOUT ÇA EST SANS IMPORTANCE.
J'AVAIS DÉCIDÉ DE FAIRE LES CHOSES À MON RYTHME MAIS...

SI ÇA NE MARCHE PLUS ENTRE TOI ET TOMOHIRO ...
J'AI LE SENTIMENT QUE ÇA NE TIENDRA PAS NON PLUS ENTRE TAMON ET MOI..
AU FOND, ON A LES MÊMES DOUTES.
JE NE PEUX PAS RESTER SANS RIEN FAIRE, C'EST COMME ÇA.

JE MEURS D'ENVIE DE SAVOIR MAIS...
JE NE PEUX PAS LUI DEMANDER.
AU FOND DE MOI, JE RÉPÈTE MON TEXTE...
SANS FIN ...
« DIS... »
« EST-CE QUE... »
« TU M'AIMES... ? »

IL Y A PLEIN DE CHOSES !
REGARDE ! « POWER STONE », LA PIERRE QUI DONNE ACCÈS AU BONHEUR ♡ ♡
Y'A PAS À DIRE : TU AIMES ÇA...
LA VOYANCE, LES PORTE-BONHEUR ET AUTRES TRUCS DE CE GENRE.
ON PEUT DIRE ÇA
J'AI PLANIFIÉ LA JOURNÉE AVEC « CHARI-LOVE* »
PARDON ?
NON, RIEN.
* « CHARISMATIC LOVERS », LE SITE D'HOROSCOPE AMOUREUX DE MIYAMU
MYSTERIOUS FORTUNETELLING
AH !
C'EST LÀ ! « LA MAISON DE LA BONNE AVENTURE » !
HEIN ?! (ENCORE... ?!)
ON ESSAYE ?
OUI...
REMPLISSEZ CE FORMULAIRE AVEC VOS DONNÉES RESPECTIVES.
PATIENTEZ UN PEU, LE TEMPS QUE LES RÉSULTATS APPARAISSENT.

TOMOHIRO ?
ÇA ALORS ! QU'EST-CE QUE TU FAIS LÀ ?
JE TE RETOURNE LA QUESTION.
JE TRAVAILLE ICI.
OH, PARDON ! TU ES ACCOMPAGNÉ ?
ELLE EST PLUS ÂGÉE QUE NOUS...
PENSE À MOI DE TEMPS EN TEMPS QUAND TU VEUX SORTIR.
JE T'APPELLERAI ♡
...
EH ! OH ! C'EST QUI CETTE FILLE, TOMOHIRO ?
ON SE CALME.
PAR ICI.
Je vais la tuer !!

LES PORTES DU PARC VONT FERMER.
NOUS VOUS REMERCIONS DE VOTRE VISITE.
MYSTERIOUS
コンピュータ恋愛占い
診断結果
POURQUOI...
... N'OUVRES-TU PAS CETTE ENVELOPPE ?
MARINE LAND
DEPUIS TOUT À L'HEURE, TU N'AS PAS DIT UN MOT.
JE CROYAIS POURTANT QUE TU AVAIS QUELQUE CHOSE À ME DIRE AUJOURD'HUI.
TOMOHIRO...
OUI ?

EST-CE QUE...
...TU M'AS AIMÉE ?
LAND
NE SERAIT-CE...
...QU'UN TOUT PETIT PEU...
T'EST-IL ARRIVÉ DE PENSER QUE TU M'AIMAIS ?
AU MOINS UNE FOIS... ?
NOA...

CE N'EST PAS LA PEINE DE ME RÉPONDRE.
JE VOULAIS JUSTE QUE LES CHOSES SOIENT CLAIRES...

ADIEU.

Horoscope des affinités amoureuses par ordinateur

HOP ! HOP ! HOP !
CE N'EST PAS BIEN DE JETER DES PAPIERS ♬ PAR TERRE
QUE... AMI ?!
QUE FAIS-TU LÀ.. ?!
TU ME SUIVAIS, HEIN.. ?
HÉ ! HÉ ! ♡
カラオケBOX どれみ広場
カラオケ BOX どれみ♪広場

YEAH !!!
QU'EST-CE QU'ON VA CHANTER ENSUITE ?! ALLEZ ! C'EST PARTI
OUAIS ! « JE L'AI PLAQUÉ, ÇA FAIT DU BIEN ! »
« CET IDIOT, CET IMBÉCILE ! »
IL NY AURAIT PAS UNE CHANSON COMME ÇA ?
'FAUT PAS RÊVER !
LA CHANSON SUIVANTE COMMENCE !
C'EST PARTI !
AMI ! SORS LES CYMBALES !
!!
しーっ
ET MOI, ALORS ?! C'EST MON TOUR DE CHANTER ! J'AI PAYÉ MA PART.

MAIS...
ENFIN !
ARRÊTE ! TU N'ES PAS MON GENRE ! TU LE SAIS BIEN, NON ?!
ET COMMENT QUE JE LE SAIS !!
INUTILE DE LE RAPPELER !
JE T'AUTORISE À TE COLLER CONTRE MA POITRINE.
MAINTENANT ET SEULEMENT MAINTENANT ! C'EST LE « SERVICE SPÉCIAL » !!
C'EST LA POITRINE OU LE DOS ? JE NE VOIS PAS LA DIFFÉRENCE...
OH ! ÇA VA, HEIN ! 'JAMAIS CONTENTE !
QU'EST-CE QUI TE PRENDS, AMI ?
JE NE COMPRENDS PAS CE QUE...

POURQUOI TU PLEURES... ?
IDIOTE...

C'EST MAINTENANT...
SEULEMENT MAINTENANT...
QUE JE PEUX PLEURER UN BON COUP.
APRÈS, C'EST CERTAIN ...
ÇA IRA MIEUX...

BAISER FROID SUR LÈVRES FROIDES
À L'IMAGE DE TON CŒUR
SOURIRE QUAND LES LARMES COULENT SUR MON VISAGE N'EST PEUT-ÊTRE PAS POSSIBLE
PARCE QUE JE NE VOULAIS PAS SOUFFRIR DAVANTAGE, J'AI PRONONCÉ CE MOT : « ADIEU »
ENFONCÉ EN PLEIN CŒUR, LE VERBE « AIMER » FAIT SI MAL
UN TEL SENTIMENT DONT J'IGNORAIS JUSQU'À L'EXISTENCE
OUI... IL EST PEU PROBABLE...

...
QUE JE RETOMBE JAMAIS AMOUREUSE.
NOA'S ポエムのおと
Vol.
*CAHIER DE POÈME DE NOA
URUKYU.

TU TE FAIS TROP REMARQUER !!!
L'HÉROÏNE, C'EST MOI !!

Y'EN A ASSEZ DE CES POÈMES INCOMPRÉHENSIBLES !!
REMPLIS LE CAHIER DU JOUR ET APPORTE-LE À MIYAMU.
ALLEZ !
AÏE !
...
UNE NOUVELLE INSPIRATION !
« IL FAUT OUBLIER » « MÊME L'INOUBLIABLE » « JE DOIS L'OUBLIER »
ET MAINTENANT, DES HAIKUS ?!
N'ÉCRIS PAS SUR LE CAHIER DU JOUR

...
NE T'EN FAIS PAS.
JE N'EMPRUNTERAI PLUS TON DOS POUR PLEURER.
C'EST MA POITRINE, PAS MON DOS, QUE JE T'AI PRÊTÉE !!! MA POITRINE !!!
AH BON ?
TU ES SÛRE ?
VOILÀ UNE SEMAINE QUE NOA ET TOMOHIRO SE SONT SÉPARÉS.
DE TOUTE ÉVIDENCE, ELLE EST LOIN DE S'EN ÊTRE REMISE, ET MOI, J'AI BIEN DU MAL À LA DISTRAIRE.

PARLONS FRANCHEMENT !!
JE SUIS SUR LE POINT DE TOMBER SOUS L'INFLUENCE DE CE TROU NOIR !! DANGER !!
aura négative
UN SOURIRE FORCÉ SUR MON VISAGE... SOUFFRANCE...
TU ME DIS QUE TOUT VA BIEN MAIS...
... JE SAIS BIEN QUE NON...
J'AI PENSÉ À TE LAISSER TRANQUILLE MAIS...
IL FAUT FAIRE QUELQUE CHOSE...
JE CROIS QUE C'EST CLAIR !
ALLEZ ! NE DISCUTE PAS !
DE TEMPS EN TEMPS, L'INSOUCIANCE NE FAIT PAS DE MAL ! ALLEZ !
MAIS ... ! ENFIN... !
JE VOULAIS ALLER À LA BIBLIOTHÈQUE POUR TRAVAILLER ...
Gare de tanokura
OUI MAIS AVEC TOI, L'INSOUCIANCE, CE N'EST PAS QUE DE TEMPS EN TEMPS !
EH ! OH ! TU POURRAIS ÊTRE...

BOOKS
天三審房
TOMOHIRO ...
...

C'EST ICI, NON ?
LA BOULANGERIE OÙ TOUT LE MONDE FAIT LA QUEUE POUR ACHETER DES PETITS PAINS AU CURRY ET À L'AIL...
AMI ?
MAIS LÂCHE-MOI !
JE TE DIS QUE JE DOIS ALLER DANS CETTE LIBRAIRIE ...
NAN !!
NOA EST AVEC MOI.
ALORS CE N'EST PAS...
...LE BON MOMENT.
JE VOIS QUE TU ES TRÈS ATTENTIONNÉE AVEC ELLE.
MAIS TU OUBLIES QUE C'EST MOI QUI ME SUIS FAIT PLAQUER
POURQUOI RIS-TU ?

SAIS-TU AU MOINS ...
... CE QU'ELLE RESSENT ...?
IL NE COMPREND VRAIMENT RIEN.
IL NE SAIT PAS À QUEL POINT NOA L'AIMAIT.
...
POUR LUI ...
... CE N'ÉTAIT QU'UN JEU.
...
VA-T-EN..
TU VAS LUI FAIRE DU MAL...
ET ÇA...
C'EST IMPARDONNABLE.
ALORS DISPARAIS D'ICI.

C'EST BON. J'AI COMPRIS. JE M'EN VAIS.
ET DÉSORMAIS, JE FERAI ATTENTION LORSQUE JE SERAI DANS CE QUARTIER.
C'EST BIEN ÇA QUE TU VEUX ?
NE ME REGARDE PAS COMME ÇA
INUTILE DE LE DIRE, LE MESSAGE EST TRÈS CLAIR ET TROP DIRECT. « PAUVRE IDIOT », C'EST ÇA ?
COMME TU VEUX...
EXACTEMENT LE GENRE D'ATTITUDE QUE LES GENS MODÉRÉS COMME MOI DÉTESTENT.
MAIS...

LES GARÇONS N'AIMENT PAS CE GENRE DE RÉACTIONS. ÇA NOUS SAOULE.

ALORS SI TU VEUX SORTIR AVEC TAMON...
TU AS INTÉRÊT À ÊTRE PLUS UN PEU PLUS SIMPLE...
SINON, ÇA RISQUE DE NE PAS MARCHER.
CE N'EST PAS À TOI DE ME DIRE ÇA !!
ET POUR MOI, ÊTRE MODÉRÉ N'EST PAS UNE QUALITÉ ! VRAIMENT PAS !
ET SI TAMON EST SÉRIEUX, IL L'ACCEPTERA !!

BON COURAGE ...
PAS LA PEINE DE LE DIRE !!
AH ! TE VOILÀ !!
OÙ ÉTAIS-TU PASSÉE, ENFIN ?!
NOA ! ON Y VA !!
D'ACCORD MAIS OÙ.. ?
TAMON...
OUAIS ?
TU VAS EN BAVER, TU SAIS.
HÉ ! HÉ !
QU'EST-CE QUI TE PRENDS TOUT D'UN COUP ?!
ÇA FAISAIT LONGTEMPS QUE JE N'AVAIS PAS PERDU À CE JEU ET JE LE SENS PASSER
NE DIS PAS N'IMPORTE QUOI...
TOMOHIRO... TU ES VRAIMENT ...
STOP.

N'EN
DIS PAS
PLUS.
PLUS C'EST SÉRIEUX...
PLUS ÇA FAIT MAL.
JE N'AIME PAS LA SOUFFRANCE MAIS...
... ÇA VAUT MIEUX QUE LE MENSONGE.
MOI, JE VAIS
ÊTRE DIRECTE.

Salon de beauté Miracle Princess
ON NE PEUT PAS MENTIR FACE À UN SENTIMENT PAREIL.
IL N'Y A ÉVIDEMMENT AUCUN DOUTE SUR LE REMÈDE !!
POUR SE REMETTRE D'UN CHOC APRÈS UNE RUPTURE...
C'EST CLAIR !
IL FAUT TROUVER UN NOUVEL AMOUREUX !!!
QU'EST-CE QU'ON EST VENUES FAIRE DANS LE SALON DE MA SŒUR... ?
YUMA JE COMPTE SUR TOI AUJOURD'HUI !!
À TOI DE JOUER

ALLEZ ! ON SE CHANGE !
TOI AUSSI, AMI.
tu y as droit toi aussi.
aïe ! cha fait mal.
NOA ! TU N'AS PAS FAIT LES SOINS RÉGULIÈREMENT !
LA PEAU, C'EST LE MIROIR DU CŒUR !
IL FAUT TOUJOURS QU'IL SOIT PROPRE.
Le massage spécial des mains divines de Yuma
GRÂCE AUX SOINS MIRACULEUX DE YUMA...
LA BEAUTÉ DEVIENT UNE RÉALITÉ ♡
ET SI AVEC ÇA, VOUS DITES NE PAS PLAIRE AUX GARÇONS, C'EST QUE VOUS MENTEZ !!
ouais ! on va séclater...

QUOIQU'IL EN SOIT, NOA, TU DOIS COMMENCER PAR RETROUVER DE LA FORCE LÀ OÙ C'EST POSSIBLE.
C'EST LA DIFFICULTÉ QUI DONNE DU PIQUANT ☆
ÉCOUTE ...
LE PLANCHER ET LES MEUBLES NE BRILLENT QUE SI ON LES FROTTE !
IL NE FAUT PAS SE RELÂCHER !!
LE BONHEUR ET LA BEAUTÉ NE PEUVENT S'ACQUÉRIR QU'AU PRIX DE CERTAINS EFFORTS.
ET VOILÀ ! C'EST TERMINÉ ♡

IL NE FAUT JAMAIS SE LAISSER ALLER !
NEXT GOGO !!
MÊME MOI...
TU SENS LES REGARDS SUR NOUS !?
L'EFFET « YUMA » EST INCROYABLE !!
TU NE TROUVES PAS ?

(VUE DE NOA)
...
DES FÈVES ?
DIS... ON EST DANS UN POTAGER OU QUOI ?
UNE PATATE ?
UNE CITROUILLE ?
OIGNON
AUBERGINE
CONCOMBRE
NAVET
EH BEN ... LÀ, C'EST GRAVE ...
JE VOIS... APRÈS ÊTRE SORTIE AVEC UN GARÇON DE TOP NIVEAU, SA VISION DES CHOSES EST COMPLÈTEMENT DÉFORMÉE.
OK ! NOUS AVONS AUSSI LES MOYENS DE RÉPONDRE AUX DEMANDES LES PLUS EXIGEANTES.
L'ENDROIT TOP SECRET OÙ SE RETROUVENT TOUS LES PLUS BEAUX MECS TOP NIVEAU !!
EUH.. SI TU POUVAIS NE PAS FAIRE TES ANALYSES DANS TON COIN.
TU M'ÉCOUTES ?
ELLE N'EST PAS MA PETITE SŒUR POUR RIEN : DIFFICILE DE S'ABAISSER QUAND ON EST MONTÉ TRÈS HAUT.
SON NOM ... !!

Club ☆ Charisma
batam
C'EST... C'EST LÀ ?
YUMA, TU EN FAIS UN PEU TROP.
IL N'Y A PAS LONGTEMPS, ILS ONT RECRUTÉ DE NOUVEAUX SERVEURS QUI SONT, PARAÎT-IL, PAS MAL. IL FAUT VÉRIFIER ♡ ÇA ♡ ♡
SI TU VOIS UN GARÇON QUI TE PLAÎT, TU DOIS PASSER À L'ATTAQUE SANS ♡ HÉSITER
LA « NOUVELLE » NOA PEUT LE FAIRE !
ドキ
PERSONNELLEMENT, JE N'AI PAS TRÈS ENVIE DE ME FORCER À TROUVER QUELQU'UN...
SI CE N'EST PAS DU SÉRIEUX, ÇA N'A PAS DE SENS...
AURAIT-ELLE MÛRI GRÂCE À CET ÉCHEC AMOUREUX ?

MAIS SURTOUT ...
NOA ...
ÉTAIT-ELLE AUSSI JOLIE AVANT ?
EMBELLIR APRÈS UNE RUPTURE... ÇA ARRIVE ?
ET ELLE A UN PEU MINCI...
PFFF !
NOA !! PAS QUESTION QUE JE TE LAISSE PRENDRE LE DESSUS COMME ÇA !!
JE NE PEUX PAS RESTER COMME ÇA.
TOILET
AU MOMENT PRÉCIS OÙ JE DOIS MARQUER UN POINT AVEC TAMON..

ZUT !
JE NE VOIS PLUS NOA ET YUMA.
SALUT, TOI ! TU ES SEULE ? ♬
ぎくっ
EUH...
JE...
PAS VRAIMENT, NON !
BYE, BYE ♬

TAMON !
TU ES VENUE POUR TE FAIRE DRAGUER ? SI C'EST LE CAS, DÉSOLÉ DE T'AVOIR DÉRANGÉE.
PAS DU TOUT !
C'EST-À-DIRE QUE... C'EST POUR NOA.. ENFIN, TU VOIS...
MAIS TOI, QU'EST-CE QUE TU FAIS ICI... ?
MOI ? JE SUIS UN HABITUÉ ♪
...
oh bon ?
POUR TOMOHIRO... IL N'Y A PAS UNE GRANDE DIFFÉRENCE, TU SAIS...
LUI NON PLUS N'A PAS LA GRANDE FORME...
...
VRAIMENT... ?

BIEN FAIT ! QU'IL DÉPRIME, ET PAS QU'UN PEU !!
ARRÊTE, TU ME FAIS PEUR, LÀ
ALORS SI TU VEUX SORTIR AVEC TAMON, TU AS INTÉRÊT À ÊTRE UN PEU PLUS SIMPLE ...
... SINON, ÇA RISQUE DE NE PAS MARCHER
...
ELLE A DE LA CHANCE.
PENDANT CE TEMPS, YUMA A TOUS LES GARÇONS À SES PIEDS.

C'EST DE LA PART DU CLIENT QUI EST LÀ-BAS.
TU L'ACCEPTES ?
Non merci !
EN PLUS, JE NE PEUX PAS BOIRE D'ALCOOL.

TU ES FRANCHE. ÇA ME PLAÎT
DANS CE CAS ...
CELUI-LÀ C'EST DE MA PART.
UN JUS DE FRUITS
TRINQUONS...
À TA FORCE DE CARACTÈRE ☆
TU N'ES PAS UN PEU TROP BRONZÉ, TOI ?
C'EST QUI, LUI... ?!
HA ! HA ! EN FAIT, ÇA...
C'EST DU NATUREL, PAS DES UV.
OH ! C'EST QUI CETTE VIEILLE, LÀ-BAS ?!

VRAIMENT ! MME YONEZAWA ! JE N'AURAI JAMAIS CRU QUE VOUS AUSSI, VOUS FRÉQUENTIEZ CE GENRE D'ENDROIT !
ALLEZ SAVOIR POURQUOI...
VOUS PLAISANTEZ, J'ESPÈRE !
SI JE SUIS LÀ C'EST PARCE QU'ON M'A DIT QUE DES ÉLÈVES DE NOTRE ÉTABLISSEMENT VENAIENT ICI. ALORS JE SUIS VENUE VÉRIFIER.
MAIS VOUS, PROFESSEUR MIYAMURA, VOUS AVEZ L'AIR DANS VOTRE ÉLÉMENT...
GLOUPS !
YONE ?!
elle est partout.
double foyer

M... MAIS...
QUELLE INDÉCENCE !!
NE REGARDE PAS FIXEMENT COMME ÇA
IL VAUT MIEUX QUE JE RENTRE.
NOS ÉLÈVES NE VIENNENT CERTAINEMENT PAS ICI !!
OUI. C'EST MIEUX JE VOUS RACCOMPAGNE À LA SORTIE.
JE CROIS QU'ELLE EST PARTIE.
TU PEUX T'ÉLOIGNER DE MOI MAINTENANT...
...?

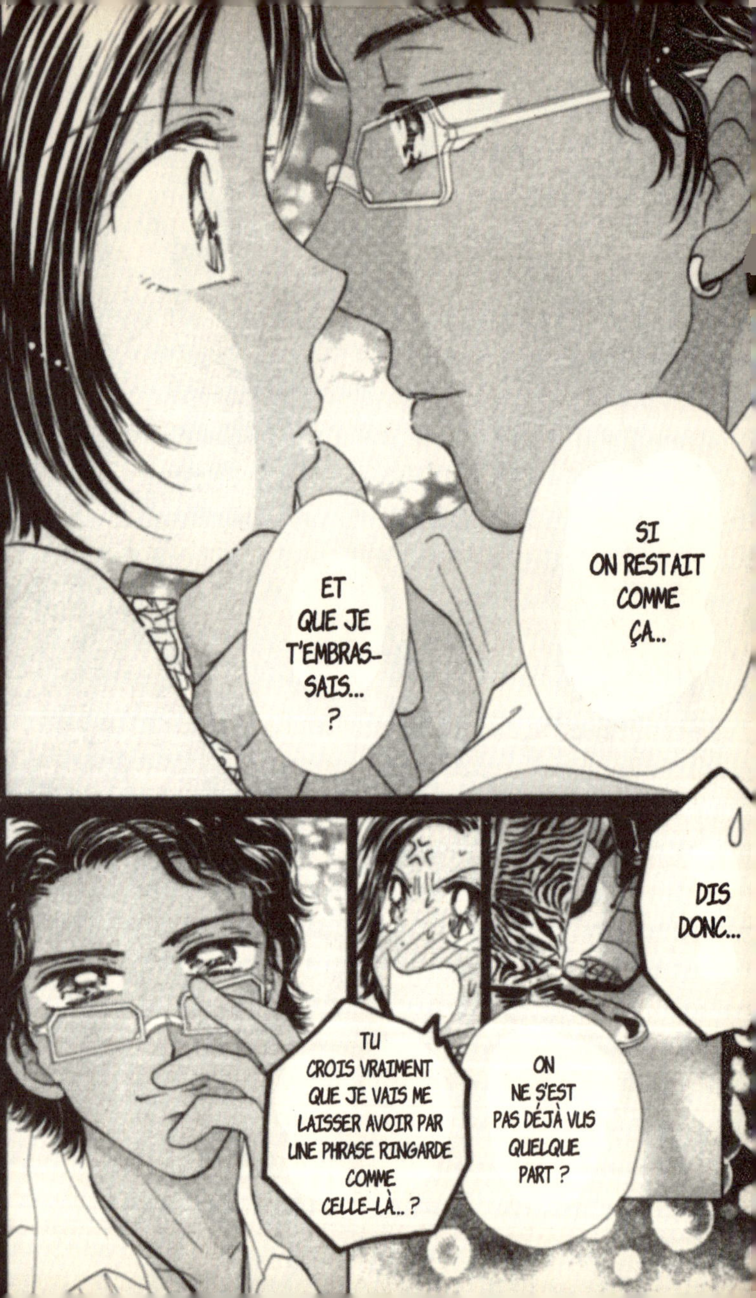
SI ON RESTAIT COMME ÇA..
ET QUE JE T'EMBRAS-SAIS... ?
DIS DONC...
ON NE S'EST PAS DÉJÀ VUS QUELQUE PART ?
TU CROIS VRAIMENT QUE JE VAIS ME LAISSER AVOIR PAR UNE PHRASE RINGARDE COMME CELLE-LÀ.. ?

...
NOA !
TU AS VU YONE, HEIN ?!
TU N'AS PAS EU DE PROBLÈMES ?!
MAIS...
C'EST VRAI... OÙ ?
AMI ! NOA ! VOUS ÊTES VENUES ENSEMBLE ?
yone est partie.
MIYAMU !
HEIN ?

HEIN ?!
DIS-MOI, DEPUIS QUAND TU TE FAIS APPELER « MIYAMU » ?
EUH...
ET MOI ? QU'EST-CE QUE JE FAIS ?
MOI, EN TANT QUE PETIT FRÈRE, JE TROUVE QUE « CHAKKI » T'ALLAIT TRÈS BIEN COMME SURNOM MAIS...
INUTILE DE LE DIRE !
Tout le monde va me le ressortir.
SON..
FRÈRE... ???

DANS LA FAMILLE « MIYAMU ». JE ME PRÉSENTE : MIYAMURA NOBUYUKI.
toi, tu te fais trop remorquer.
LE FRÈRE DE HIROYUKI.
SALUT ♫
LE FRÈRE ...
... DE MIYAMU ... !!?
À SUIVRE DANS LE VOLUME 5

ELLE N'EST PEUT-ÊTRE PAS JOLIE !
TU TE FICHES DE MOI ?
MOCHETÉ !
NON. JE NE POURRAI JAMAIS OUBLIER
CETTE SAINT VALENTIN, IL Y A 3 ANS.
LES MOTS QU'IL M'A DITS EN PARTANT M'ONT FAIT CHANGER.

TROIS ANS PLUS TARD, FUJISAKI KANNA..
... EST UNE TRÈS JOLIE FILLE...
SUR LAQUELLE TOUT LE MONDE SE RETOURNE.

ELLE N'EST PEUT-ÊTRE PAS JOLIE !

QUOI ?!
KANNA ! TU AS REFUSÉ LA PROPOSITION DE HONDA !?
LE GARÇON QUI EST EN 1ÈRE ?! IL A SUPER LA COTE !!
QUEL GÂCHIS !!
ha ! ha !
Honda
BEN QUOI ? SUR LE COUP, JE N'AI PAS COMPRIS QUI C'ÉTAIT.
ALORS J'AI REFUSÉ TOUT DE SUITE.
DEPUIS QU'ON EST AU LYCÉE, TU AS JETÉ COMBIEN DE GARÇONS ?!
IL Y A PLUSIEURS MANIÈRES DE RÉPONDRE À CE GENRE DE PROPOSITION, NON ? « JE VAIS RÉFLÉCHIR » PAR EXEMPLE, NON ?!
elle est dure
JE N'AIME PAS FAIRE LES CHOSES À MOITIÉ, MOI !
QU'EST-CE QUE ÇA PEUT FAIRE ? JE NE SUIS PAS PRESSÉE ♪
VOILÀ ♡
……………

C'EST QUOI, ÇA ?
DE L'EAU ♡
TES AMIS VIENNENT TE RENDRE VISITE ET TU LEUR SERS DE L'EAU ?!
Au moins un thé ou un jus de fruits.
VOUS NE LE SAVEZ PAS ?
L'EAU MINÉRALE, C'EST TRÈS BON POUR LE TEINT ! ET C'EST TRÈS BON POUR L'ÉQUILIBRE NATUREL DU CORPS.
ET EN PLUS ...
D'UN COUP ?!
Miroir pour l' « image training »
Étagères : Uniquement des livres sur le régime et sur la beauté.
ON EST VRAIMENT PAS À SON AISE DANS CETTE PIÈCE !!
TON HOBBY, C'EST QUOI ?
Miroir en pied : Pour surveiller les expres de tout le corps.
CE N'EST PAS GENTIL !
Tout un tas de d'objets destinés à parfaire les formes, achetés par correspondance.
J'AI DE L'ÉNERGIE À REVENDRE !!
POUR MOI, DEVENIR BELLE EST UNE QUESTION VITALE ! JE FAIS TOUT CE QUI EST POSSIBLE !
ALLER JUSQUE LÀ, QUAND MÊME...

PENDANT TROIS ANS, JE ME SUIS DONNÉE À FOND.
AFIN DE POUVOIR VIVRE UNE BELLE RELATION AMOUREUSE.
MAIS ON N'A JAMAIS ASSEZ DE FORCE ET DE CONFIANCE EN SOI.
QUEL FROID ! IL POURRAIT BIEN NEIGER.
JE VAIS VITE RENTRER À LA MAISON. JE POURRAIS FAIRE QUELQUES POMPES ET EXERCICES ABDOMINAUX...
J'aime bien le sauna que j'ai acheté.
Ensuite, je prends un bain
Un gommage Un massage.
Aujourd'hui encore, c'est parfait.
EH ! REGARDE !
CE N'EST PAS LA FILLE SUPER MIGNONNE DU LYCÉE KÔSAI... FUJISAKI KANNA.

ELLE EST TROP BIEN.
MENSURATIONS... TAILLE : 163 M. 84, 58, 88. TETSU ! PRENDS DES NOTES !
Son sens du rythme est moyen mais bon...
COMMENT ÇA SE FAIT QUE TU SACHES CE GENRE DE TRUC ?
ALORS, AKIRA ?
NON..
C'EST VRAIMENT ELLE ?
FUJISAKI KANNA ?
EH ! EXCUSE-MOI..
TU ES DU LYCÉE KÔSAI, NON ?
NOUS ON EST AU LYCÉE D'À CÔTÉ, SANNÔJI.
SI TU AS UNE MINUTE, ON POURRAIT ALLER S'AMUSER QUELQUE PART, NON ?
IL SUFFIT DE LES VOIR POUR COMPRENDRE QU'ILS « S'AMUSENT » BEAUCOUP, EUX.
ON EST EN HIVER ET POURTANT, ILS SONT TRÈS BRONZÉS.
EUH.. C'EST-À-DIRE QUE... JE SUIS PRESSÉE ...
DÉSOLÉE
C'EST JUSTE UNE IMPRESSION ? JE SENS COMME DES REGARDS POSÉS SUR MOI..

DU BALAI ! DU BALAI !
POURQUOI TU NE VEUX PAS ?
JUSTE UN PEU, ÇA NE TE FERA PAS DE MAL.
LÂCHEZ-MOI
AH, ÇA JE NE SAIS PAS... ♪
ÇA CRAINT UN PEU...
ATTENDS !

VOUS ÊTES LOURDS !
LA FERME !
JE PEUX SAVOIR CE QUE TU FILMES ?! PERVERS !!
AAAAH !!

...
AH...
MAIS...
ODAJIMA.. ?
ALORS...
C'EST BIEN TOI, FUJISAKI ... ?
HEIN ?!
QUOI ?!
QU'EST-CE QUE ÇA VEUT DIRE ?!
Ils s'étaient enfuis
AKIRA !
NON..
C'EST PAS VRAI...
MAIS COMMENT ?

ALORS QUE JE PENSAIS NE PLUS JAMAIS LE REVOIR.
ODAJIMA AKIRA.
MON PLUS MAUVAIS SOUVENIR EN 15 ANS DE VIE.
ODAJIMA.
SI J'AI UNE MEILLEURE NOTE QUE TOI AU PROCHAIN EXAMEN, TU DEVRAS FAIRE LES CORVÉES DE MÉNAGE DE TOUS LES GARÇONS.
TU CROIS QUE JE VAIS PERDRE CONTRE TOI, FUJISAKI ?
Résultats des examens annuels – classement
1 Odajima Akira 3
2 Fujisaki Kanna 3
3 Suzuki Yûsei 1
Concours de discours en public
argent
Odajima Akira Troisième groupe Classe de 6ème
or
Fujisaki Kanna Troisième groupe Classe de 6ème
À L'ÉPOQUE, NOUS ÉTIONS EN 6ÈME...
LUI ET MOI ÉTIONS LES LEADERS DE LA CLASSE ET TOUT ÉTAIT PRÉTEXTE À COMPÉTITION.
C'était surtout beaucoup de disputes.

ON PASSAIT NOTRE TEMPS À SE DISPUTER ET L'AMBIANCE ÉTAIT SI PARTICULIÈRE QUE JE NE POUVAIS LUI DIRE...
...MES VRAIS SENTI-MENTS.
TOUT CE QUE J'AVAIS DE BIEN EN MOI, C'ÉTAIT MES RÉSULTATS SCOLAIRES.
POURTANT, À LA SAINT VALENTIN, IL SUFFIT JUSTE DE DONNER DES CHOCOLATS... C'EST CE QUE J'AVAIS PENSÉ ET C'ÉTAIT UNE ERREUR.
JE M'ÉTAIS DIT QU'EN LUI DONNANT COMME ÇA, L'AIR DE RIEN, ÇA PASSERAIT.
MÊME SUR LE TON DE LA PLAISANTERIE, ÇA ME CONVENAIT.
MAIS LE JOUR DE LA SAINT VALENTIN...
TOUT ÇA ? POUR MOI ?
ZUT ! J'ARRIVE TROP TARD...
EH ! FUJISAKI ! TU AS FAIT TOMBER QUELQUE CHOSE.
QUE FAIRE ? ! JE LES METS DANS SON CARTABLE ET JE PARS EN COURANT !?
OH !
DES CHOCOLATS.
FUJISAKI ?! DES CHOCOLATS ?! MAIS POUR QUI ?!
ODAJIMA ?
MAIS NON. ENFIN !
C'EST... EUH...
• • •

RENDS-MOI ÇA !
CE SONT DES CHOCOLATS CONFISQUÉS !!
PARCE QU'IL EST INTERDIT D'EN AMENER À L'ÉCOLE ! QUOI ?! HEIN ?!
EH !
JE PRENDRAI TOUS CEUX QUE JE TROUVERAI !
QUEL GÂCHIS... !
CE N'EST PAS LA PEINE DE LES JETER
MAIS...
ARRÊTE, IMBÉCILE !
TU NE VAS PAS FAIRE LES POUBELLES, NON ?!
ARRÊTE, JE TE DIS !
C'EST JUSTE UNE BOITE DE CHOCOLATS !
ALORS ARRÊTE ! ARRÊTE ! ARRÊTE !
は
JE NE SUPPORTE PAS QU'ON GÂCHE DE LA NOURRITURE...
L'IMBÉCILE DANS L'HISTOIRE, C'EST TOI, PAS MOI.

TU TE FICHES DE MOI ?
BOUDIN !
JE SUIS RESTÉE PÉTRIFIÉE SUR PLACE, DANS LA NEIGE...
SI BIEN QUE LE LENDEMAIN, J'AVAIS UNE GRIPPE CARABINÉE.
DIX JOURS PLUS TARD...
ODAJIMA ÉTAIT PARTI.
IL A CHANGÉ D'ÉCOLE ?!
C'EST UNE BLAGUE ?!
SON PÈRE A ÉTÉ MUTÉ...
TU CONNAIS ODAJIMA, IL L'A CACHÉ JUSQU'AU DERNIER MOMENT.
C'EST LA SURPRISE GÉNÉRALE.
NON..

CE N'EST PAS JUSTE. PARTIR SANS RIEN DIRE.
J'AI TROP HONTE DE MOI.
C'EST TOI QUI T'ES MOQUÉ DE MOI.
IDIOT !!
MAIS ALORS ...
VOUS ÉTIEZ DANS LA MÊME CLASSE EN 6ÈME ?
はっ
ÇA FAIT TROIS ANS ...
MOI, JE SUIS REVENU ICI POUR ENTRER AU LYCÉE.
JE T'EN AI FAIT VOIR DE TOUTES LES COULEURS QUAND MÊME.
JE NE T'AI PAS DU TOUT RECONNUE.
CALME-TOI ! IL N'Y A PAS DE QUOI ÊTRE NERVEUSE.
JE NE SUIS PLUS LA MÊME QU'AUTREFOIS.
AH.. KIKUGAOKA ? CE... CE N'EST PAS TRÈS LOIN. ÇA ALORS !
ET QU'EST-CE QUE VOUS FILMEZ DANS UN ENDROIT PAREIL ?

ON FAIT PARTIE DU CLUB DE CINÉMA DU LYCÉE.
enfin, on est que 3
MOI, C'EST TETSU ! JE SUIS LE MEILLEUR POTE ♡ D'AKIRA
JE M'APPELLE YAMAGUCHI. JE SUIS LE RESPON-SABLE DU CLUB.
AH...
ON A DE LA CHANCE ♡
SI C'EST UNE AMIE D'AKIRA, ON VA GAGNER DU TEMPS.
PLUS D'HÉSITATION. LE CHOIX EST FAIT : C'EST KANNA.
PARDON.. ?
EN FAIT, NOUS SOMMES À LA RECHERCHE DE L'HÉROÏNE DE NOTRE PROCHAIN FILM.
c'est pour ça que nous sommes là aujourd'hui
ÇA NE TE TENTE PAS, KANNA ?
QUOI ?!
MAIS... MOI ?!
C'EST UN COURT MÉTRAGE. IL Y A PEU DE TEXTE. CE N'EST PAS COMPLIQUÉ.

elle prend la pause.
C'EST-À-DIRE QUE... C'EST SI SOUDAIN COMME PROPOSITION...
ALORS, C'EST NON ?
LE PERSONNAGE EST UN PEU DIFFÉRENT DE TOI.
EN PLUS, EN TROIS ANS, TON CARACTÈRE N'A PAS DU TOUT CHANGÉ ALORS...
ENFIN, RÉFLÉCHIS-Y.
LUI...
QU'EST-CE QUE ÇA VEUT DIRE ? JE NE COMPRENDS PAS... ?!
ATTENDS, AKIRA.
IL RÉAPPARAÎT SOUDAINEMENT, AVEC SES REMARQUES DÉSOBLIGEANTES.
Attendez !

JE NE PEUX PAS VOUS DIRE « OK » COMME ÇA !
JE VOUDRAIS D'ABORD QUE VOUS ME MONTRIEZ CE QUE VOUS FAITES DANS VOTRE CLUB DE CINÉMA.
PUISQUE C'EST MOI QUI DÉCIDE.
EH BEN..
CET EXCÈS DE CONFIANCE EN LUI... ÇA M'ÉNERVE.
PENDANT TROIS ANNÉES, JE ME SUIS DONNÉE À FOND POUR CHANGER !!
JE SUIS DEVENUE PLUS JOLIE, J'AI PRIS CONFIANCE EN MOI.
JE M'ÉTAIS PROMIS DE NE PLUS JAMAIS REVIVRE UN AMOUR AUSSI DOULOUREUX...
ET POURTANT ! POURTANT !
ELLE EST PLUTÔT MARRANTE, TA COPINE.
ELLE ME PLAÎT.
PFFF ! UNE JOLIE FILLE, MÊME EN COLÈRE, RESTE UNE JOLIE FILLE.
TU AURAIS PU NOUS DIRE PLUS TÔT QUE TU CONNAISSAIS UN CANON COMME ELLE !

JE DOIS RÉGLER MES COMPTES AVEC ODAJIMA
MAIS CELLE QUE JE SUIS DEVENUE EST BIEN CAPABLE DE LE METTRE EN PIÈCES !!
QUAND IL SERA TOMBÉ SOUS MON CHARME, À MA BOTTE, JE SERAI LIBRE DE LE FAIRE MIJOTER À PETIT FEU SI L'ENVIE M'EN PREND.
HÉ !
CE QUE J'AI RESSENTI CE JOUR-LÀ NE S'EFFACERA JAMAIS.
IMBÉCILE... C'EST MAINTENANT QUE TU RÉAPPARAIS. LA CHANCE EST AVEC MOI. JE VAIS UTILISER LA FORCE ACCUMULÉE PENDANT TROIS ANS.

TU NE RÉSISTERAS PAS, ODAJIMA !!
ESSAIE DE RÉSISTER À CE SOURIRE ÉTUDIÉ DEVANT MON MIROIR !
DÉSOLÉE !
JE ME SUIS ♡ CHANGÉE ET DU COUP, J'ARRIVE EN RETARD
はあっ
OH
ALORS? UN BAIN D'UNE HEURE, UN MASQUE, UN MASSAGE ET UN MAQUILLAGE AU NATUREL, TOUT EST PARFAIT !!
OH ! CES HABITS TE VONT BIEN AUSSI. ♡

POUR ÊTRE EN RETARD, TU ES EN RETARD !
ALLEZ, ON Y VA !
EH ! OH !
ELLE SE RESSAISIT
VOUS ÊTES SÛRS ? JE PEUX ENTRER DANS VOTRE LYCÉE ?
MAIS OUI ! LES COURS SONT FINIS, PERSONNE NE LE SAURA.
EN PLUS, LA SALLE DES ARCHIVES DU VIEUX BÂTIMENT EST UN PEU NOTRE REPÈRE À NOUS, ALORS...
SALLE DES ARCHIVES VIDÉO.
OH ! IL Y EN A BEAUCOUP !
VOUS FAITES ÇA SÉRIEUSEMENT.
LÀ CE SONT LES COLLECTIONS DE NOS PRÉDÉCESSEURS.
...
ON A AUSSI LA CASSETTE DE L'AUTRE JOUR.
VERSION COLLECTOR SUPRÊME, APRÈS MONTAGE. ♡
!!!
すか すか
すかっ
AAAH !!
GRRRRRR !
démonstration de force.
ギャー

BAH..
DE TOUTE FAÇON, VU LA QUANTITÉ DE CASSETTES ET DE MATÉRIEL QU'IL Y A ICI, ON PENSAIT JUSTEMENT METTRE UN PEU D'ORDRE...
JE.. JE VAIS VOUS AIDER À RANGER.
ははーっ
ON Y COMPTE BIEN
GRR
AH
ODA..
...JIMA
JE T'AURAI
UN AUTRE JOUR
ON VA À UNE AVANT-PREMIÈRE. TU VIENS AVEC NOUS ?
OUI !
L'AIR DE RIEN, JE ME METS À CÔTÉ DE LUI.
OÙ FAUT-IL TOURNER ?
ZUT ! JE ME SUIS TROMPÉ.

BEN ALORS ? TU TRAÎNES !
ÇA Y EST ! KANNA A UN PETIT COPAIN ♡
JE N'EN REVIENS PAS.
EN PLUS, ELLE EN A TROIS D'UN COUP.
J'AI VU
KYAAA !
ÇA NE VA PAS, NON ?!
PFFF...
IL SE FICHE DE MOI... ?
POURQUOI EST-CE QUE ÇA NE MARCHE PAS COMME PRÉVU... ?
MOI... DEPUIS QUE JE SUIS ENTRÉE AU LYCÉE, J'AI BEAUCOUP DE SUCCÈS MAIS...
J'AI REFUSÉ TOUTES LES PROPOSITIONS DES GARÇONS ET RÉSULTAT, JE NE SUIS JAMAIS SORTIE AVE PERSONNE !!
EN FAIT...
JE PENSE À UN BAISER ALORS QU'ON NE M'A JAMAIS PRIS LA MAIN...
?

PAS ÉTONNANT QU'IL SE FICHE DE MOI DANS CES CONDITIONS.
かー
ZUT !
NON !
CE N'EST PAS LE MOMENT DE FAIBLIR !!
TIENS !
KANNA, TU ES DÉJÀ LÀ ?
il est pourtant tôt.
TETSU.
TU ES QUASIMENT DEVENUE UNE ÉLÈVE DE NOTRE LYCÉE !
HÉ ! HÉ ! ♡
TETSU EST GENTIL. IL N'A PAS MAUVAIS CARACTÈRE COMME ODAJIMA. ON PEUT PARLER FACILEMENT AVEC LUI.
KANNA, TU AIMES LE CINÉMA ?
Je ne déteste pas mais..
EUH.. BEN.. JE NE SAIS PAS TROP.
JE NE SAVAIS MÊME PAS QU'ODAJIMA S'INTÉRESSAIT AU CINÉMA..

YAMAGUCHI ET MOI L'AVONS PRIS AVEC NOUS.
...
AH BON ?
ON NE SE CONNAÎT QUE DEPUIS QU'IL EST ENTRÉ AU LYCÉE ICI MAIS...
À FORCE DE TRAÎNER ENSEMBLE, L'IDÉE DE FAIRE DES FILMS EST VENUE ET ON S'EST PRIS AU JEU.
Yamaguchi avait déjà du matériel c'est sa passion
AH... VOUS VOUS ENTENDEZ BIEN ALORS...
MAIS OUI ! TETSU !
LE POINT FAIBLE D'AKIRA ?
EN GÉNÉRAL, UN DÉTAIL, N'IMPORTE QUOI.
OU UNE HISTOIRE MARRANTE QUE JE POURRAI RACONTER ENSUITE !!
AU FAIT, KANNA... QUEL TYPE DE RAPPORTS VOUS AVIEZ AUTREFOIS, TOI ET LUI ?
JE... BEN..
NORMAUX, BANALS... SANS PLUS !
Y'A PAS PIRE
BEN ALORS ? ON MÈNE L'ENQUÊTE OU QUOI ?

AUTANT TE LE DIRE TOUT DE SUITE : JE N'AI AUCUN POINT FAIBLE !
AH ! JE SAIS ! IL N'Y A QU'UNE SEULE CHOSE.
ose... qu'est-ce qu'il y a dedans ?
OUI ? QUOI ? C'EST QUOI ?!
CE QUI EST SUCRÉ !
UN VRAI GOSSE.
IL A TOUJOURS DES CHOCOLATS OU DES CHEWING-GUMS DANS LA POCHE.
TIENS ! REGARDE !
TETSU !
IL NE LE MONTRE PAS MAIS IL ATTEND TOUJOURS LA SAINT VALENTIN AVEC IMPATIENCE !
D'AILLEURS, C'EST BIENTÔT.
PFFF ! DE TOUTE FAÇON, TOUT LE MONDE EN DONNE PAR OBLIGATION !
OH ! ÇA C'EST DUR !

TOI AUSSI, TU DONNES DES CHOCOLATS À LA SAINT VALENTIN, KANNA ?
J'ENVIE CELUI À QUI TU EN DONNERAS !
EUH...
JE...
...
EN FAIT, ÇA NE M'INTÉRESSE PAS VRAIMENT ALORS...
JE N'EN AI JAMAIS DONNÉS.
LA SAINT VALENTIN ...
BON, ET ALORS ?
ÇA VEUT DIRE QUE SI JE LUI FAIS LIVRER UN CAMION ENTIER DE CHOCOLATS...
J'AI UNE CHANCE DE LE FAIRE CRAQUER ?!
DANS CE CAS, QUE CE SOIT MOI OU UNE AUTRE, C'EST PAREIL.
C'est vrai qu'il avait même ramassé ma boite de chocolats dans les poubelles
QU'EST-CE QUE TU FILMES ?!
J'ESSAIE NOTRE NOUVELLE CAMÉRA

C'EST VRAI QUE TU N'AS JAMAIS OFFERT DE CHOCOLATS ?
QU'EST-CE QUE ÇA PEUT TE FAIRE ?
ZUT ! JE DOIS ÊTRE MOINS AGRES-SIVE.
BEN.. EN FAIT, J'HÉSITE PEUT-ÊTRE CETTE ANNÉE.
TU AIMERAIS ÊTRE LE PREMIER À EN RECEVOIR ?
HÉ ! HÉ !
TU SAIS, CE FAMEUX JOUR..
JE LES VOULAIS, TES CHOCOLATS.
COMMENT ?!

FAUT PAS RÊVER. ☆ NON PLUS
QUOI ? TU CROYAIS QUE J'ÉTAIS SÉRIEUX, LÀ ?
T'AS EU DES PALPITATIONS ?
QUI ? MOI ? PFFF !
TU ME PRENDS POUR QUI ? IMBÉCILE !
!
FUJISAKI...
TU NE COMPRENDS...
... VRAIMENT RIEN.

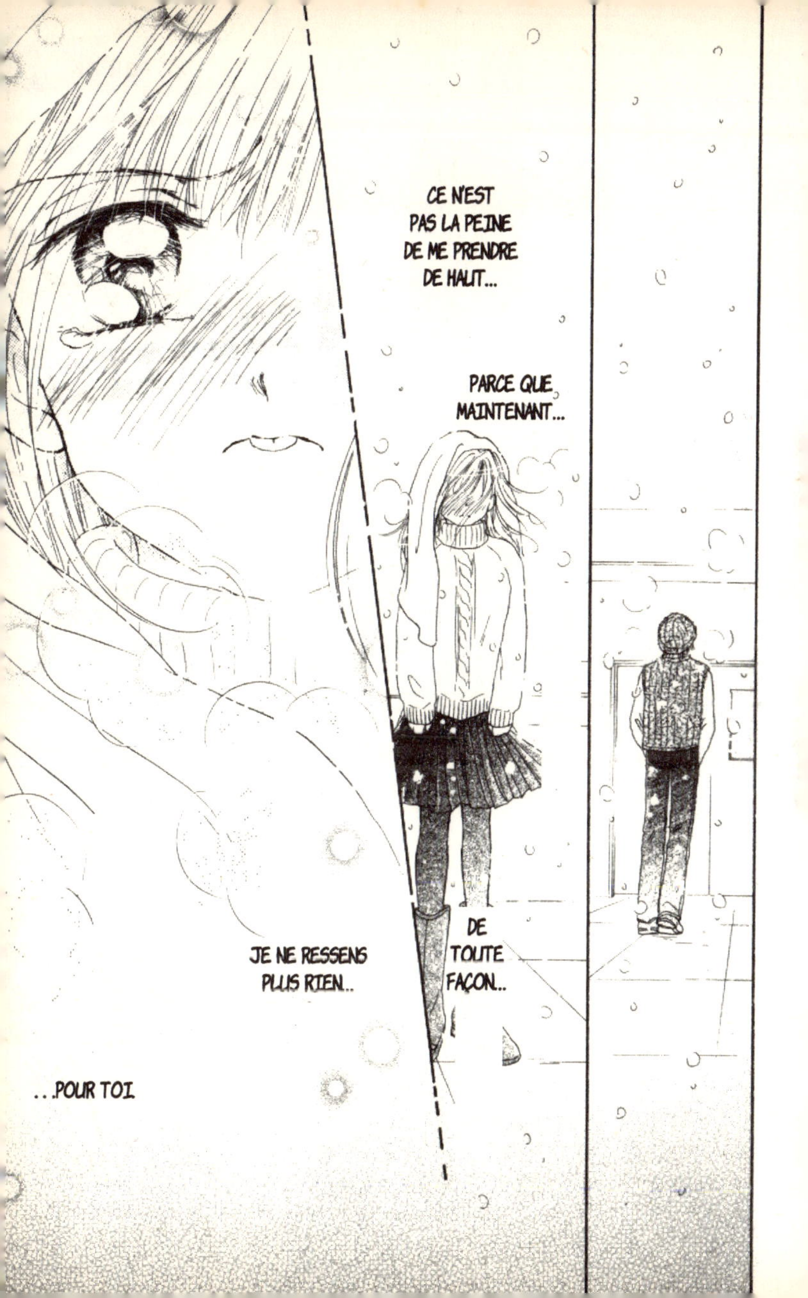
CE N'EST PAS LA PEINE DE ME PRENDRE DE HAUT...
PARCE QUE MAINTENANT...
DE TOUTE FAÇON...
JE NE RESSENS PLUS RIEN...
...POUR TOI.

ELLE S'EST ENCORE INFILTRÉE.
IL EST SEUL... !
UNE SALLE DE CLASSE TRANQUILLE...
RIEN QUE TOUS LES DEUX.
C'EST LE MOMENT IDÉAL !
TIENS... JE TE RENDS ÇA MERCI.
TU N'AS QU'À LA POSER LÀ.

EUH..
À PROPOS DU FILM..
JE ME DEMANDE SI JE LE FAIS OU PAS...
SI VOUS NE FILMEZ PAS CORRECTEMENT ET SÉRIEUSEMENT, JE NE VEUX PAS LE FAIRE.
TU NE NOUS FAIS PAS CONFIANCE.
IL FAUT DIRE QUE VOUS PASSEZ VOTRE TEMPS À FILMER DES TRUCS BIZARRES
FUJISAKI...
TU M'EN VEUX TOUJOURS, HEIN ?
QU'EST-CE QUE JE PEUX FAIRE POUR QUE TU ME PARDONNES ?

SI JE TE DONNE MON DERNIER BISCUIT ?
ÇA NE MARCHE PAS ?
MAIS...
QU'EST-CE QUE TU RACONTES ? IMBÉCILE !
ET PUIS NE T'APPROCHE PAS DE MOI.
NE SOIS PAS GÊNÉE.
ALLEZ.
AH !
COUIC
HUM !

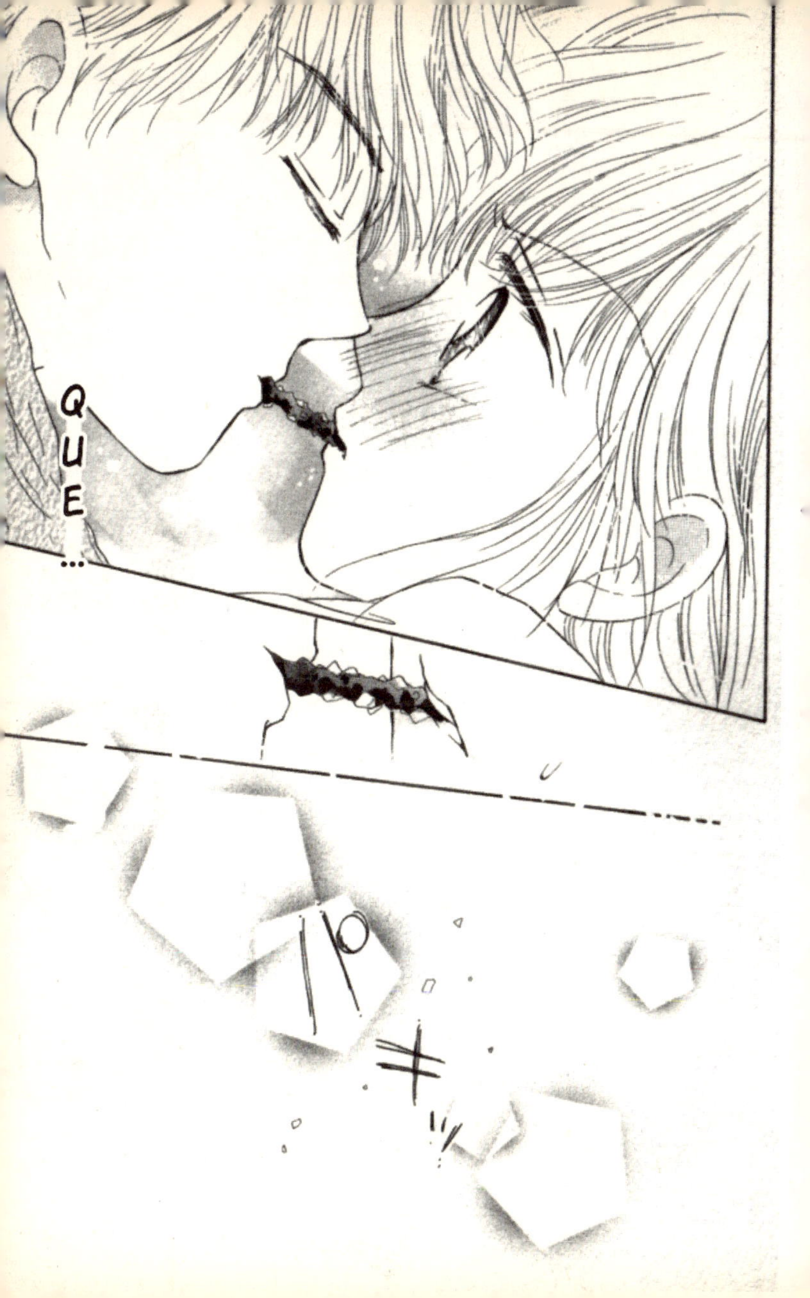
QUE...

LE CŒUR DE KANNA
MAIS... !?
MON PREMIER BAISER AVEC ODAJIMA
IL VA LE FAIRE ! POUR DE BON !
MAIS...
JE NE SUIS PAS ...
PRÊ...

HEIN ?!
« CILE »
« BÉ »
« IM »

C'EST TROP FORT ! TU T'ES VRAIMENT PRISE AU JEU.
POUR ARRIVER À ME SURPRENDRE COMME ÇA, IL FAUDRAIT VRAIMENT S'Y PRENDRE DES SIÈCLES À L'AVANCE
JE...
JE ME SUIS FAIT AVOIR ENCORE UNE FOIS !!
TETSU ! ARRÊTE DE POUSSER !
MAIS C'EST TOI QUI TE METS DEVANT.
Je n'aime pas ça.

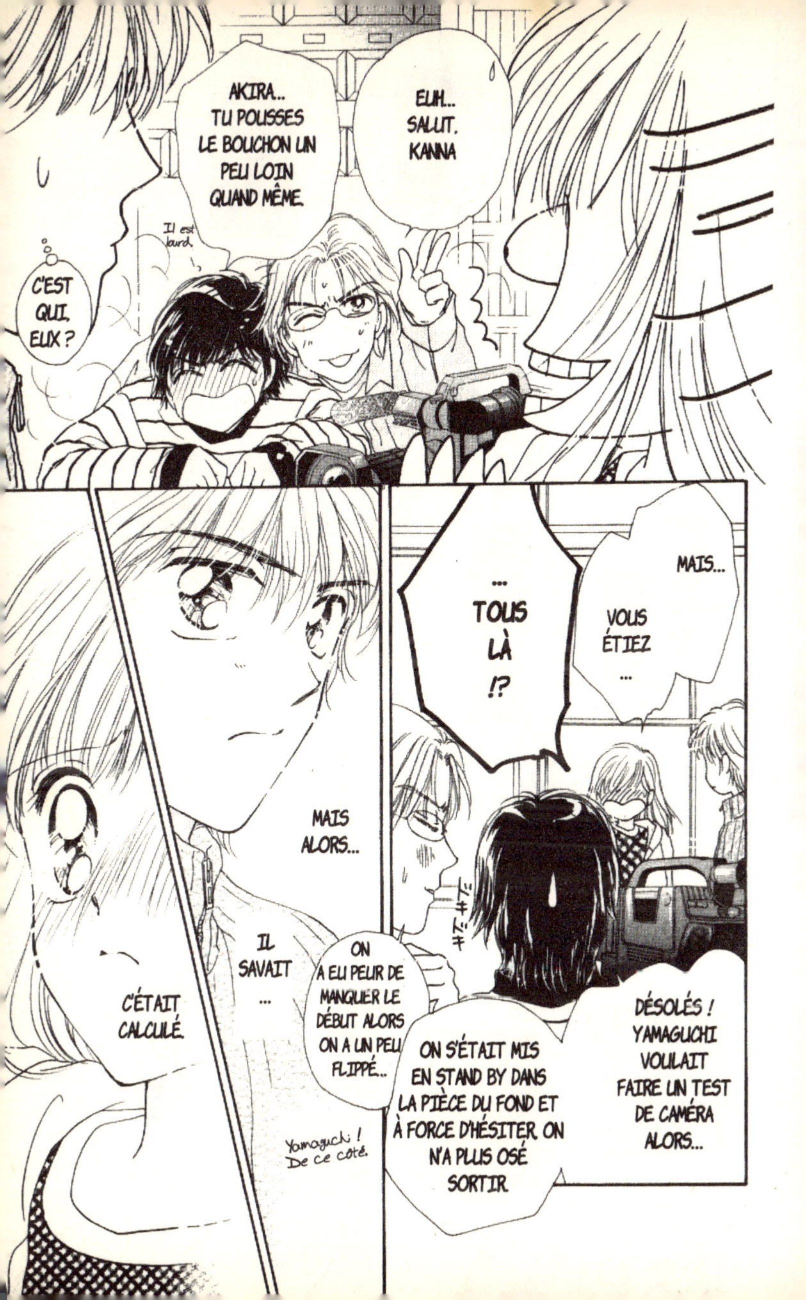
EUH... SALUT, KANNA
AKIRA... TU POUSSES LE BOUCHON UN PEU LOIN QUAND MÊME.
Il est lourd
C'EST QUI, EUX ?
MAIS... VOUS ÉTIEZ ...
... TOUS LÀ !?
DÉSOLÉS ! YAMAGUCHI VOULAIT FAIRE UN TEST DE CAMÉRA ALORS...
ON S'ÉTAIT MIS EN STAND BY DANS LA PIÈCE DU FOND ET À FORCE D'HÉSITER ON N'A PLUS OSÉ SORTIR
ON A EU PEUR DE MANQUER LE DÉBUT ALORS ON A UN PEU FLIPPÉ...
Yamaguchi ! De ce côté.
MAIS ALORS...
IL SAVAIT ...
C'ÉTAIT CALCULÉ.

AAAAH !?
'FAIT MAL...
ÇA T'ÉTONNE ?!

TU TE MOQUES DE MOI OUVERTEMENT ! TU NE TE RENDS PAS COMPTE ?!
ÇA T'AMUSE DE ME FAIRE DU MAL !?
POURQUOI?
DERRIÈRE TON AISANCE...
TU FAIS CELUI QUI COMPREND ET VOIT TOUT...
C'EST TOUJOURS COMME ÇA...
TU ES VRAIMENT ...
... DÉGUEU-LASSE...
...

KANNA !
AKIRA TU ES ALLÉ TROP LOIN.
ELLE EST PARTIE EN PLEURANT !
RATTRAPE-LA !!
ET EXCUSE-TOI ! À GENOUX S'IL LE FAUT !
AAAH !
MON MATÉRIEL !
PAS QUESTION.
« PAS QUES-TION » ?!
ET LE FILM ?!
AKIRA !!!
YAMAGUCHI, CALME-TOI.
NON ...
JE NE VEUX PAS ...
NON ...

JE ME FICHE DE TOUT !
ÇA AUSSI ...
BLAM
C'EST FINI ! FINI !
MARRE DE TOUT ÇA !
OH !
AÏE.. AÏE.. AÏE..
UN BOUDIN..
APRÈS TOUS LES EFFORTS QUE J'AI FAITS POUR ÊTRE BELLE.
JE NE PEUX PAS REDEVENIR MOCHE EN UN INSTANT.
POURQUOI.. ?
JE NE SUIS QU'UNE IDIOTE.

VRAIMENT...
...IDIOTE...
SALUT !
BONJOUR !
bonjour...
EUH..
QUI ES-TU, TOI ?
KANNA...
QUOI ?!
C'EST PAS VRAI !?
C'EST-À-DIRE QUE J'AI EU UN GROS COUP DE STRESS ET ÇA M'A FATIGUÉ...
Et puis, là-dessus, j'ai attrapé un rhume.
N'EMPÊCHE QUE TU ES TROP COUVERTE.
QUOI ?! QUOI ?! QU'EST-CE QUI S'EST PASSÉ ?!
...
le malheur des autres a le parfum du secret ♡

AH..
ALORS QUE D'HABITUDE JE SENS LES REGARDS PESANTS DES GARÇONS SUR MOI ...
AUJOURD'HUI, C'EST COMME SI LEURS YEUX ME FUYAIENT, COMME S'IL NE FALLAIT PAS ME REGARDER.
ding dong
LE VENT FROID TRANSPERCE MON CORPS ...
NON... !
QUE FAIT-IL ICI !?

FUJISAKI !?
GLOUPS ! IL ME SUIT !?
NOOOOOOON HAHAHAHAHAHAH HAHAHAHAHAHAH HAHAHAHAHAHAH HAHAHAHAHAHAH MPFMPFMPFMPF MPFMPFMPFMPF
MAIS... ATTENDS ... PFFF...
ARRÊTE ! NON !
LÂCHE-MOI !
AÏE ! TU ME FAIS MAL !
...
はぁっ
はぁっ

IMBÉCILE ...
POURQUOI FAUT-IL QUE TU M'HUMILIES COMME ÇA... ?
TROIS ANS D'EFFORTS RÉDUITS À NÉANT.
MAIS ENFIN ?!
JE N'AI ENCORE RIEN FAIT.
AUJOURD'HUI.
...
NE ME REGARDE PAS... !

POURQUOI FUIS-TU AU MOMENT LE PLUS IMPORTANT ?
C'EST TOUJOURS PAREIL AVEC TOI.
TU PEUX TROMPER QUI TU VEUX SUR TON APPARENCE.
MAIS N'ESSAIE PAS DE MASQUER QUI TU ES VRAIMENT AU FOND DE TOI.
...
JE SUIS DÉSOLÉ... POUR L'AUTRE JOUR..

......
C'EST TOUT ?! IL N'Y A RIEN APRÈS ?!
IL DOIT BIEN Y AVOIR QUELQUE CHOSE, NON ?! UNE RÉACTION PARTICULIÈRE !
PARDON !
OU ALORS...
JE T'EN PRIE, ACCEPTE MES EXCUSES.
OU ALORS...
C'EST QUAND MÊME À CAUSE DE TOI QUE J'AI PLEURÉ À CHAUDES LARMES, À CAUSE DE TOI QUE J'AI SI MAL !!
TU ES VRAIMENT SÛR D'ÊTRE DÉSOLÉ ...?
...

MES MAINS ...
ELLES SONT GELÉES ...
JE T'AI ATTENDU SI LONGTEMPS ...
JE SUIS UNE IDIOTE.
TU PEUX TROMPER QUI TU VEUX SUR TON APPARENCE.
MAIS N'ESSAIE PAS DE MASQUER QUI TU ES VRAIMENT AU FOND DE TOI.
IL FAUT TOUJOURS QUE TU APPUIES LÀ OÙ ÇA FAIT MAL.
VRAIMENT TRÈS MAL.

LE LENDEMAIN MATIN.
どん
REMISE SUR PIED.
?
?
ALORS ? POURQUOI ? QUE S'EST-IL PASSÉ ?
CES HABITUDES PRISES EN TROIS ANS SONT EFFRAYANTES...
PRENDRE SOIN DE MA PEAU ET ENTRETENIR MA FORME... JE NE PEUX PLUS M'EN PASSER.
ELLE NE SE REND PAS COMPTE DE CE QU'ELLE DIT.
St. Valentine
Valentine St. Valen

MERCI ! AU REVOIR !
CETTE FOIS...
JE VAIS VENGER ...
CELLE QUE J'ÉTAIS IL Y A TROIS ANS.
AH !
KANNA...
TETSU, S'IL TE PLAÎT !
NE DIS RIEN À ODAJIMA ! JE T'EN PRIE !
NE T'INQUIÈTE PAS ! ON L'A ENVOYÉ FAIRE DES COURSES.
C'EST SA PUNITION POUR AVOIR MALTRAITÉ UNE JOLIE JEUNE FILLE.
HEIN ? AH BON ?
Tu ne veux pas arrêter de filmer ?

MAIS JE SUIS CONTENT DE TE VOIR !
ON SE FAISAIT DU SOUCIS.
ON A PARLÉ À AKIRA MAIS IL EST TÊTU COMME UNE MULE.
MAINTENANT, ÇA VA NE VOUS EN FAITES PAS.
EN FAIT...
COMMENT DIRE...
Moi aussi, j'ai cassé votre matériel
J'AI UN SERVICE À VOUS DEMANDER À TOUS LES DEUX
Hi Hi ♡
C'EST QUOI CE : « HI ! HI ! ».
...
MA DERNIÈRE BATAILLE SERA..
LA SAINT VALENTIN !

QU'EST-CE QUE TU MIJOTES ENCORE... ?
TU ME DEMANDES DE VENIR EXPRÈS, EN PLUS, UN DIMANCHE. TU NE MANQUES PAS DE TOUPET !
En plus, tu traînes souvent dans l'école des autres.
TU SAIS QUEL JOUR NOUS SOMMES AUJOURD'HUI, N'EST-CE PAS ?
AH..
ばっ
TIENS !!

AH...
TU L'AS PRIS ! TU L'AS PRIS ! TU NE PEUX PLUS LE RENDRE !!
QUOI ?!
MAIS C'EST QUOI, ÇA ?!
C'EST LA RÉPONSE ...
... QUE JE N'AVAIS PU TE DONNER..
...IL Y A TROIS ANS !!
EH ! FUJISAKI...
EH ! OH !
...
UNE CASSETTE VIDÉO ...
ET ÇA.. ?
ODAJIMA !

TU ES VRAIMENT LE PIRE GARÇON QUI EXISTE !!
JE VAIS TE DIRE TOUT CE QUE J'AI À TE DIRE.
ALORS REGARDE BIEN JUSQU'À LA FIN !!
......
AVEC TES GRANDS AIRS, LÀ ! ON PEUT SAVOIR POUR QUI TU TE PRENDS ?
POURTANT, SI ON S'ÉTAIT VRAIMENT MESURÉS L'UN À L'AUTRE, C'EST MOI QUI AURAIT GAGNÉ. AUCUN DOUTE.
CEPENDANT !
ENFIN, ON PEUT SE DEMANDER S'IL ÉTAIT VRAIMENT NÉCESSAIRE QU'ON SE REVOIT AUJOURD'HUI...
IL Y A VRAIMENT PLEIN DE CHOSES QUI M'ONT SUPER ÉNERVÉE.
MAIS IL Y A UNE CHOSE !
CE N'EST PAS AGRÉABLE DE LE RECONNAÎTRE MAIS...

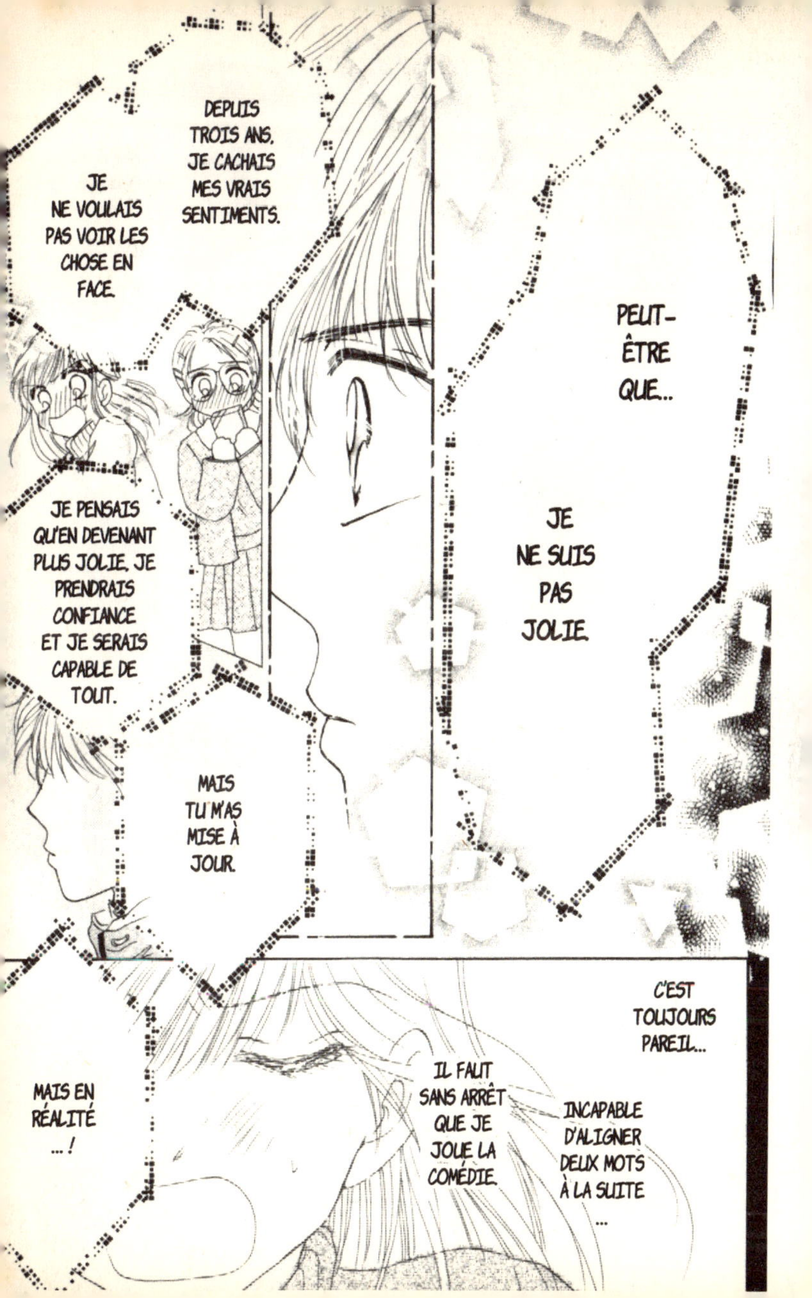
PEUT-ÊTRE QUE...
JE NE SUIS PAS JOLIE.
DEPUIS TROIS ANS, JE CACHAIS MES VRAIS SENTIMENTS.
JE NE VOULAIS PAS VOIR LES CHOSE EN FACE.
JE PENSAIS QU'EN DEVENANT PLUS JOLIE, JE PRENDRAIS CONFIANCE ET JE SERAIS CAPABLE DE TOUT.
MAIS TU M'AS MISE À JOUR.
C'EST TOUJOURS PAREIL...
INCAPABLE D'ALIGNER DEUX MOTS À LA SUITE ...
IL FAUT SANS ARRÊT QUE JE JOUE LA COMÉDIE.
MAIS EN RÉALITÉ ...!

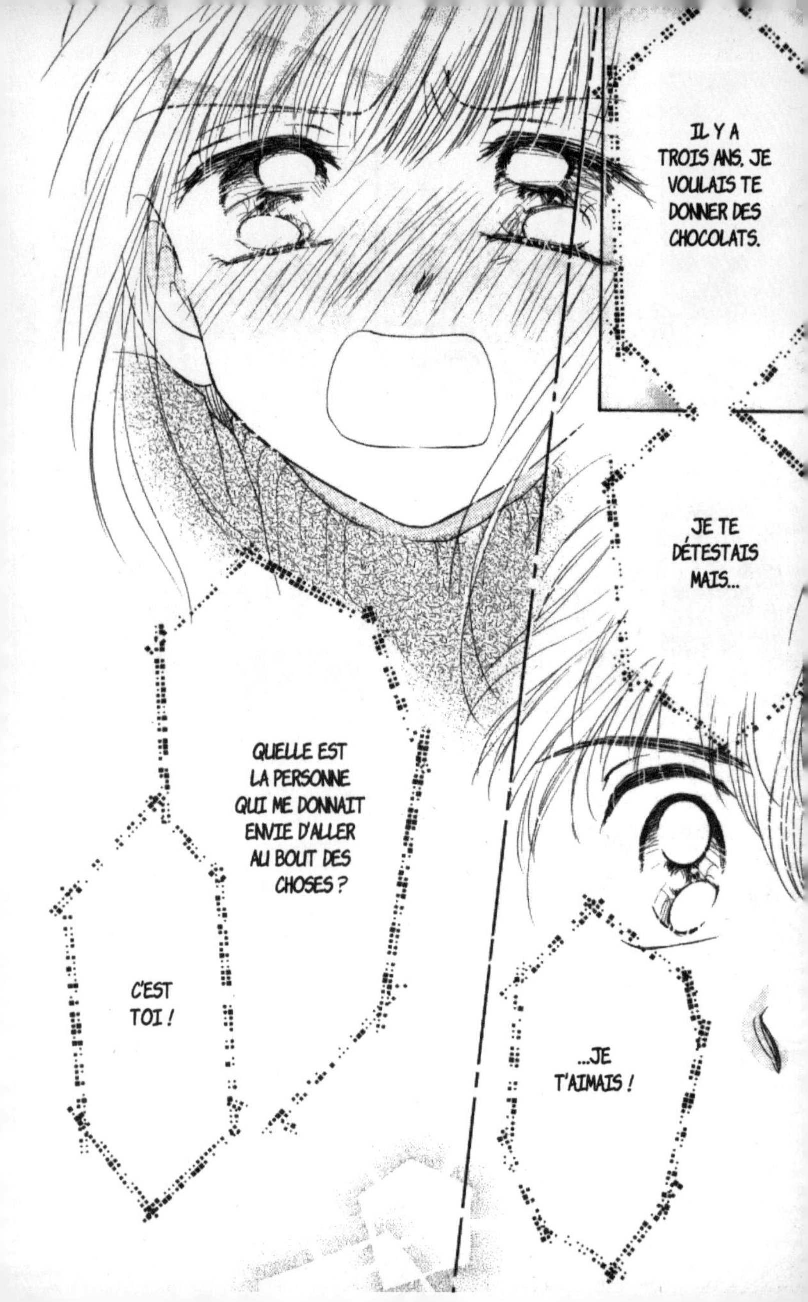
IL Y A TROIS ANS, JE VOULAIS TE DONNER DES CHOCOLATS.
JE TE DÉTESTAIS MAIS...
...JE T'AIMAIS !
QUELLE EST LA PERSONNE QUI ME DONNAIT ENVIE D'ALLER AU BOUT DES CHOSES ?
C'EST TOI !

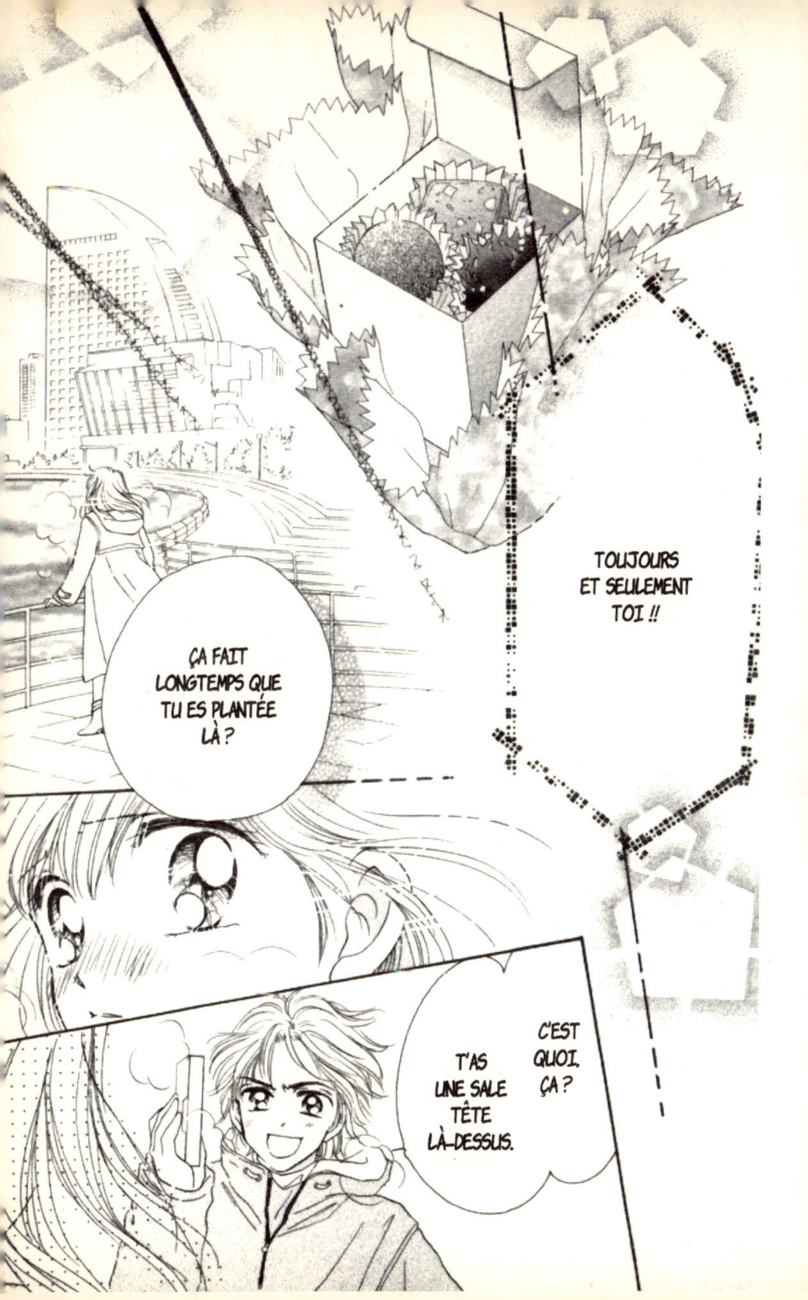

TOUJOURS ET SEULEMENT TOI !!
ÇA FAIT LONGTEMPS QUE TU ES PLANTÉE LÀ ?
C'EST QUOI, ÇA ?
T'AS UNE SALE TÊTE LÀ-DESSUS.

PFFF !
TU POURRAIS ÊTRE UN PEU INDULGENT APRÈS TOUT LE MAL QUE JE ME SUIS DONNÉ.
Tu es le pire garçon !
Seule devant la caméra
YAMAGUCHI ET TETSU M'ONT PRÊTÉ LE MATÉRIEL. ILS M'ONT MONTRÉ COMMENT S'EN SERVIR. ENSUITE J'AI FAIT DES DIZAINES DE PRISES ET PUIS J'AI FAIT LE MONTAGE.
ET PIS... ET PIS...
...
DE TOUTE FAÇON...
JE SUIS MOCHE.
HEIN ? MAIS JE N'AI PAS DIT ÇA MOI !
SI ! TU AS DIT QUE J'ÉTAIS UN BOUDIN.
TU L'AS DIT. CE JOUR-LÀ !!
ET TU T'ES ENFUI SANS RIEN DIRE !
PFFF !
JE M'EXCUSE. JE SUIS DÉSOLÉ !
MAIS C'EST À CAUSE DE TOI : TU AVAIS JETÉ LES CHOCOLATS.
ALORS QUE JE PENSAIS QUE TU ALLAIS ME LES DONNER.
...
QU'EST-CE QUE ÇA VEUT DIRE ?
JE NE ME LASSE PAS...
... DE TE REGARDER.
DEPUIS TOUJOURS.

JE TE PROMETS QUE TU SERAS BELLE SI C'EST MOI QUI FILME.
ALORS NE PLEURE PAS.
...

IL Y A QUELQUE CHOSE D'ENCORE PLUS DOUX_
... QUE LES CHOCOLATS...
TU EN AS MANGÉS, HEIN ?!
OH ! C'EST PAS LE MOMENT !
EST-CE QUE C'EST LE GENRE DE CHOSES QU'ON DIT DANS CE GENRE DE SITUATION ?
J'AI, MANGÉ LES TIENS !
HI ! HI !
J'AIME BIEN QUAND TU SOURIS.
COMME ÇA.
QUOI ?
NON. RIEN.
OH ! TU M'ÉNERVES !

D'ACCORD !
SI TU LE PRENDS COMME ÇA, MOI, JE CROIS QUE JE VAIS RENONCER À ÊTRE L'HÉROÏNE DE VOTRE FILM.
C'EST PAS MON GENRE DE FAIRE L'ACTRICE.
QUOI ?!
TU PLAISANTES, J'ESPÈRE ?! APRÈS CE QUE JE...
QUE...
IL Y A QUELQUE CHOSE ...
... DE PLUS IMPORTANT QUE JE VEUX FAIRE...
LÈVRES FROIDES...
... CHOCOLAT SUCRÉ.

ÊTRE TA PETITE AMIE !
HUM ?
Y'A PAS À DIRE, LA PUISSANCE DE L'IMAGE DU DIRECT, C'EST QUELQUE CHOSE.
YAMAGUCHI, TU NE DEVRAIS PAS TROP T'EMBALLER..
DANGER

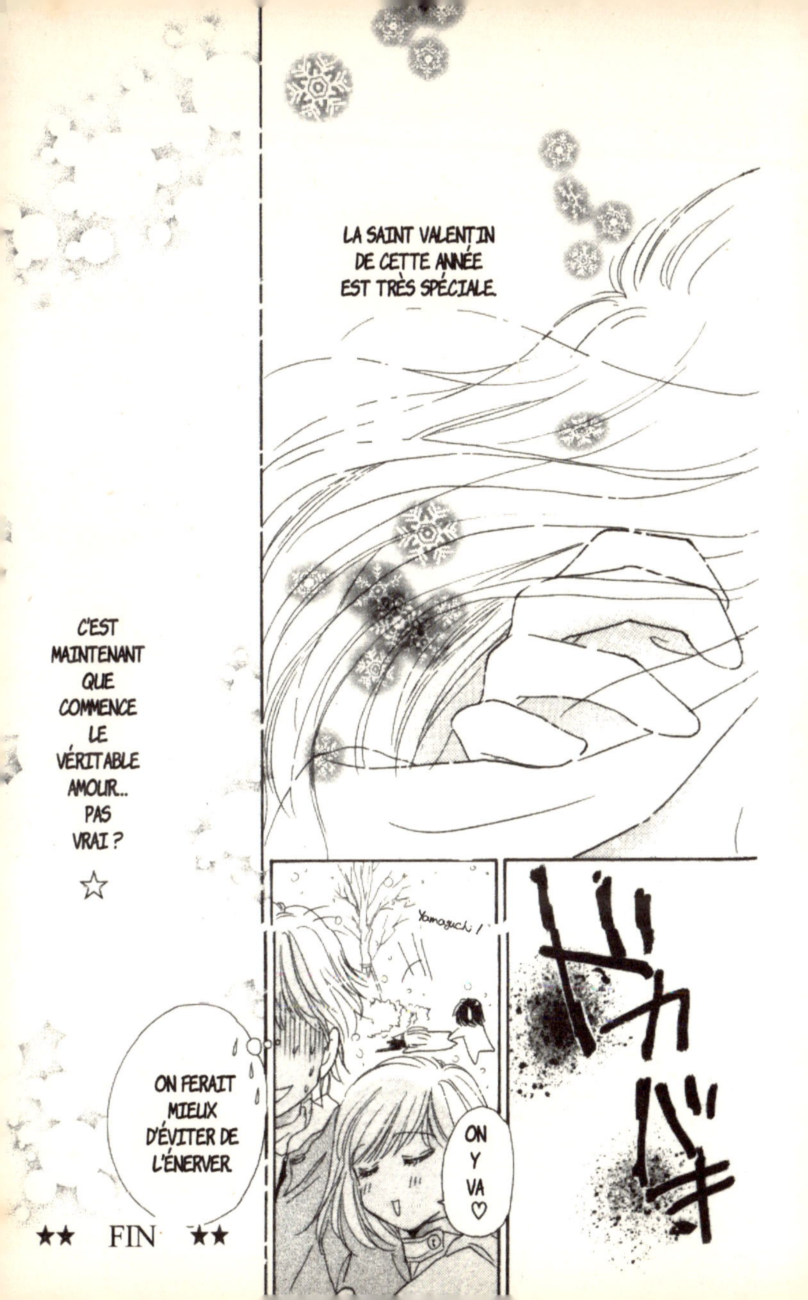
LA SAINT VALENTIN DE CETTE ANNÉE EST TRÈS SPÉCIALE.
ドカバキ
Yamaguchi !
ON Y VA ♡
ON FERAIT MIEUX D'ÉVITER DE L'ÉNERVER
C'EST MAINTENANT QUE COMMENCE LE VÉRITABLE AMOUR.. PAS VRAI ? ☆
★★ FIN ★★

SOLEIL MANGA
1
Cyber Idol
Tachikawa
Megumi
Mink

DA! DA! DA!
9
Mika Kawamura
SOLEIL MANGA

PITA-TEN

Koge-Donbo

1

SOLEIL MANGA

Koge-Donbo

Di Gi Charat

Official Comic Anthology Vol 1

SOLEIL MANGA

KUMIKO KIKUCHI
6
COMPLEX
SOLEIL MANGA

URUKYU.

SOLEIL MANGA

Écrivez-nous à :
Soleil Manga
25, rue Titon
75011 Paris - France
manga@soleil-lesite.com

Titre original : Urukyu vol. 4

First published in 2001 by Kodansha Ltd, Tokyo, Japan
French translation rights arranged through Kodansha Ltd, Tokyo

247, avenue de la République
83000 Toulon - France
Traduction : Sylvain Chollet
Dépôt légal : Mai 2003
ISBN : 2-84565-497-9
Aubin Imprimeur - France
Distribution Hachette